반지수의
책그림

반지수의
책그림

독서기록 113

완독하지 못한 책 107

일러스트레이터의 각오 95

책 읽는 여자들 88

나의 그림 경전 84

독서의 기본기 71

팔랑귀의 장점 57

등을 떠민 세 권의 책 45

앤이 건넨 위로 35

안녕, 만화책 28

취향의 원형 17

1부 내가 읽은 책

프롤로그 6

에필로그 232

그림으로 가는 문 222

나의 그림 동료 217

재기 발랄한 고미 타로 208

그림책의 매력 196

아무튼 산책 188

다시, 만화책 172

독서 강박 165

서재와 책장 155

책은 사서 본다! 145

작은 미술관, 화집 131

취향과 일은 다르니까 121

2부 내가 그린 책

놓았던 책을 다시 펼치며

그림을 업으로 삼겠다고 선언하고 나서 한동안 책을 가까이에 두지 못했다. 안 그래도 뒤늦게 뛰어든 탓에 남들이 10년 걸쳐 배우는 과정을 부랴부랴 익히느라 할 일이 많은 가운데 틈틈이 알바까지 했다. 운이 좋다고 해야 할까, 주변에서 그림을 그려달라는 주문이 끊이지 않아 정말로 정신없는 나날이었다. 게다가 막연히 '그림'이란 장르를 선택하긴 했는데 만화가가 될지, 일러스트레이터가 될지, 아니면 애니메이션 감독이 될지 갈 길을 정하지 못해 머릿속이 어지럽고 터질 것 같았다.

그나마 잘 읽히는 글은 예술가가 쓴 책이었다. 영화감독이나 화가의 책은 진로 선택에 도움도 되고 마음도 안정되어 옆에 두고 짬짬이 읽었지만, 좀처럼 진득하게 책을 들여다볼 여유가 생기지 않았다. 그림을 그리기 시작한 뒤로 일이 끊임없이 들어온 덕에 나는 매해 눈에 띄는 성장과 변화를 거듭하는 중이었다. 애니메이션 회사에서 일하거나 동경하던 만화가 선배와 협업하거나 온라인 클래스 플랫폼에서 전체 1위를 하는 등 숨 가쁜 하루하루였다.

작가로서뿐만 아니라 생활인이자 인간으로서의 삶도 어찌나 급변했는지. 오래 사귀던 남자친구가 노래방 도우미와 바람이 나서 그 충격에 한 달 동안 식음을 전폐했으며 갑자기 할머니가 돌아가셨다. 그 와중에 평생의 짝을 만나 식도 안 올리고 결혼해 고양이 두 마리를 입양했다. 벌어들이는 수입이 달라지자 생활양식이나 소비패턴이 달라졌고, 남편과 함께 여행과 캠핑을 다녔다. 거의 1년에 한 번꼴로 이사를 갈 때마다 점점 집은 넓어졌고 채광은 좋아졌다. 때깔 좋은 경험을 차곡차곡 쌓기는 했지만 변화의 소용돌이 속에서 이리저리 떠밀리듯 살았다.

책을 몇 년이나 읽지 않았음에도 꾸준히 사긴 했다. 월급이 140만 원이던 시절에도 매달 한두 권은 구매했다. 읽지 못해도 샀고 읽을 시간이 없어도 서점에 갔다. 서점에 들어가면 빈손으로 나오지 않았다. 출판사

SNS를 팔로우하고 어떤 신간이 나오는지 관찰했다. 항상 '읽어야지, 읽고 싶다'라는 마음을 품은 채 사들였다. 이내 읽으리라 생각했던 그 책들을 결국 읽지 못한 이유는 너무 빨리 변하는 인생을 받아들이는 일만으로도 벅찼기 때문이다.

잔뜩 쌓아두기만 했던 책을 야금야금 꺼내 읽기 시작한 건, 요사이 3~4년 단행본 표지 작업을 하면서부터다. 안 그런 작가도 있겠지만, 나는 아무리 상세한 기획안이나 제안서를 받아도 원고를 읽지 않으면 어떻게 그려야 할지 아이디어가 떠오르지 않는다. 그래서 예외 없이 표지 작업은 모두 원고 완독 후 그림 구상에 들어간다. 재작년에는 한 달에 평균 두 권가량 작업했으니 일 관련 책만 스물네 권 읽은 셈이다. 의뢰를 가려 받을 순 없기에 취향이 아닌 책을 억지로 읽기도 한다. 사실 작업한 책 대부분이 평소 내가 잘 안 읽는 분야다.

어른이 된 후론 문학을 1순위로 두고 독서를 즐기지 않았다. 문학보단 사회과학이나 현실 이야기를 좋아했다. 표지 그림을 요청받은 책은 거의 다 문학이었다. 그런데 계속 읽다 보니 문학 고유의 문장을 곱씹게 됐다. 곱씹다 보니 이보다 더 좋은 문장, 아니 이보다 더 '나와 어울리는 문장이 담긴' 책을 찾고 싶어졌다. 가슴을 울리는 문장, 인생을 바라보는 시선을 넓혀주고 밝혀줄 문장이 읽고 싶어졌다. 일 때문에 책을 읽으면 읽을수록 어째선지 점점 책을 향한 갈증이 커졌다.

문득 수년 전에 사두고 몇 장 읽다 만 박완서 작가의 『그 많던 싱아는 누가 다 먹었을까』가 생각났다. 책장을 뒤져 펼쳤다. 맙소사. 너무 좋아서 침대에 등을 기대고는 한 장 한 장 넘기며 단숨에 다 읽어버렸다. 연이어 『그 산이 정말 거기 있었을까』마저 읽고 나자 책에서 손을 떼기 전 내 모습이 떠올랐다. 어릴 때 책장 앞에서 지박령처럼 틀어박혀 그림을 들여다 보던 나, 같은 방을 쓰던 할머니와 동생이 잠든 늦은 밤에 작은 스탠드를 켜놓고 엎드린 어깨와 팔이 아픈 줄도 모르며 책을 읽던 나, 대학생 시절 술 마시지 않는 날이면 무조건 도서관으로 향하던 나, 좋은 문장이 나오면 책 모서리를 접고 연필로 줄을 그으려고 일부러 헌책방에서 책을 사던 나, 엉덩이가 아프든 눈이 시리든 목이 마르든 한자리에서 꼼짝 않고 책을 탐독하던 그때 그 감각이 되살아났다.

한동안 어른의 삶을 챙긴다는 핑계로 차례나 머리말만 훑어보다 곧장 덮어버린 빚처럼 쌓인 책을 다시 하나둘 꺼내 들었다. 독서를 위한 정서적 조건이 갖춰진 지금이야말로 빚을 청산할 때였다. 우선 대나무 죽순처럼 자라나던 커리어 성장세가 잠시 주춤했다. 나는 일을 자주 연애에

빗대어 생각하곤 한다. 연애 초 매력적인 상대와 만나 자극적이고 반짝이는 시간을 보내다가 몇 년 지나면 서로 익숙해져 일상이 되는 것처럼, 그림이 내게 그러했다. 처음 시작하기로 마음먹은 게 벌써 10년 전이니, 일이 나를 격렬한 소용돌이 속으로 밀어 넣는 순간은 많이 줄었다. 미지근한 물처럼 안락하게 느껴질 만큼 충분히 적응해서 일에 휩쓸리느라 독서를 못 할 정도로 바쁘다는 감각이 없었다.

2년 전 아파트로 이사하면서 물리적 공간마저 완성되었다. 그 전에는 투룸 빌라에 살았는데 넘쳐나는 물건으로 집이 늘 복작복작했다. 책상과 작업 도구에 밀려 책 둘 곳이 부족했다. 여기저기 쌓아두기만 해서 어디에 무슨 책이 있는지 모르니 도통 책 읽을 맛이 안 났다. 마땅한 자리가 없어 헌책방에 책을 몇 번이나 팔아야 했다. 집이 좁아 TV 소리나 고양이 소리가 전부 들려와 독서에 집중하지 못했다. 이제는 거실을 통째 작업실로 만들고 소장한 책을 한군데에 제대로 모아두었다. 독서를 위한 조명과 의자를 사서 아예 책만을 위한 공간도 꾸몄다. 독서에 뭐 그리 대단한 환경이 필요하겠느냐마는, 확실히 고유 공간이 생기자 한층 책 읽을 맛이 났다. 그곳에서 뒹굴뒹굴하는 일이 얼마나 즐거운지 매번 감탄한다. 작업실 책상에 앉아 책장에 가지런히 꽂힌 책을 바라보기만 해도 기분이 좋아진다.

내 생애 독서 주기가 돌아온 걸까. 얼마 전『장서의 괴로움』을 읽고 얼마나 책을 잔뜩 사고 싶었는지 모른다. 마침 15년 지기인 대학 동기들이 단톡방을 만들어 한국 여성 문인 책을 읽는 모임을 하자는 게 아닌가. 꼭 듣고 싶어 갔던 변영주 감독의 강연에서는 '좋은 작가가 되고 싶다면 책이든 영화든 콘텐츠를 폭식해라'라지 뭔가. 표지 작업을 하며 알게 된 출판사에서 신간을 선물로 보내주기도 하고, 유튜브에 책 관련 채널이 자꾸 추천으로 뜨다 보니 장바구니 속 책이 매일매일 늘어난다. 읽으면 읽을수록 책 속에 언급된 다른 책이나 그 작가의 다른 작품이 어떨지 궁금해지기 마련이라 요즘 한창 책을 사들이는 중이다. 오늘은 무슨 책을 읽었는지 독서 기록까지 하며 읽기에 열심이다.

사실 어릴 때는 책 읽을 만한 편안한 정신이니 독서만을 위한 공간이니 하는 조건을 따지지 않았다. 그냥 어디에서나 잡히는 대로 술술 읽었다. 옆에서 아빠가 시끄럽게 TV를 보든 내용이 어려워 속도가 더디든 '그냥' 읽었다. 작가가 되려고, 공부를 하려고, 삶의 문장을 찾으려던 게 아니라 읽고 싶고 재미있어 읽었다. 눈앞에 있으니 펼쳤고 책꽂이에 꽂혀 있으니 꺼냈다. 어느 날은 신발장 앞에서, 또 어느 날은 버스나 도서관에서, 심지어 길바닥에서도 책을 읽어댔다.

이런 마음을 어른이 돼서도 잃지 않고 간직해야 엄청난 다독가가 되는 걸까. 나는 정신이 얇고 예민해 감정에 따라 자주 펄럭거린다. 어쩌면 또 삶에 큰 변화가 찾아오면 글 읽기가 싫어질지도. 그러니 당분간은 이대로 독서에 집중할 환경이 단단하게 이어지길, 어릴 적처럼 눈에 보이는 대로 손에 잡히는 대로 책에 푹 빠져 지내는 시간이 오래가길 바란다. 언젠가는 독서가 몸에 딱 달라붙어 생의 급변이나 굴곡에도 책을 손에서 놓지 않는, 조건 따윈 필요 없던 아이로 되돌아가고 싶다. 아무리 생각해도 책을 멀리한 몇 년이 너무 아깝단 말이지.

1부

내가 읽은 책

첫 기억은 안방 한쪽에 가득 꽂혀 있던 전집들이다. 그림책 전집이
두세 종류, 과학 전집과 위인전, '만화로 보는 현대판 우리 고전' 같은 만화
시리즈가 책꽂이에 빼곡했다. 어른들 책도 있었는데, 제목이 한자로 적힌
『삼국지』 같은 역사서나 어려워 보이는 인문서가 대부분이라 매일같이
전집들만 읽어댔다. 어떤 그림이었는지 떠올려보라면 생생하지만, 누구
나 그렇듯 어른이 되는 동안 몇 번 이사를 다니면서 다 버려졌고 존재조
차 잊고 살았다.

남편은 달랐다. 결혼하고 나서 어릴 적 읽은 책 이야기를 자주 꺼냈

다. 눈동자를 반짝이며 그때 본 만화책에 나오는 음식이 얼마나 먹고 싶었는지, 무슨 맛일까 얼마나 궁금했는지, 그리움 가득한 목소리로 입맛을 다시며 신나게 묘사했다. 남편이 애독한 만화책은 『데굴데굴 세계여행』. 나한테 자꾸 얘기하다 보니 책을 향한 그리움이 더 진해졌나 보다. 어느 날 함께 부산 헌책방 골목에 갔을 때, 『데굴데굴 세계여행』을 다시 사고 싶다면서 헌책방을 하나하나 뒤지기 시작했다. 남편은 가게 안에 들어가기 무섭게 "데굴데굴 세계여행, 있어요?"라고 열정적으로 물었고, 그 모습에 괜히 나까지 승부욕이 발동했다. 헌책방에 놓인 오래된 그림책 가운데 내가 본 책이 있을까 싶어 덩달아 옆에서 열심히 찾아봤지만, 아무리 뒤져도 보이지 않았다. 그 후 손에 넣지 못해 더욱더 제목이 궁금하고 갖고 싶어져서 구글에 '90년대 그림책 전집', '80년대 그림책 전집'이라는 키워드를 입력해가며 샅샅이 뒤져봤건만 역시 찾지 못했다. 어린 시절, 내가 읽은 전집은 도대체 뭐였을까?

몇 달 전, 트위터 뉴스피드를 넘기다가 어떤 트윗이 우연히 내 시선에 걸렸다. "히라타 쇼고의 애니메이션 그림책 전집을 아시나요?"라는 짤막한 문장과 함께 전집 속 그림들이 업로드되어 있었다. 찾았다! 아무리 검색해도 나오지 않았던 그 그림이었다. '교원 애니메이션 세계명작동화'

라는 이름으로 국내 출간된, 히라타 쇼고라는 일본 애니메이터가 그린 그림책 전집이었구나. 곧장 '교원 세계명작동화'로 검색하니 구매 가능한 중고책이 우후죽순 나왔다. 예전에 찾아볼 땐 '전집'이라는 단어에 집착하느라 검색 엔진에 걸리지 않았던 모양이다. 어릴 때 매일 들여다보던 그림을 거의 25년 만에 다시 만나니 얼마나 기쁘던지. 어렴풋하게 남아 있던 이미지가 한순간에 선명해졌다. 맞아, 맞아, 이런 그림체였어. 제목도 알았겠다, 중고 사이트에 꽤 많이 나와 있길래 '다음에 사야지'라고 생각하던 차에 신기한 일이 있었다.

한 달쯤 후 일본 여행을 갔을 때였다. 원래 계획에 없었는데 갑자기 서점에 가고 싶어 검색하다가 '나타쇼'라는 헌책방을 발견했다. 사진 속 따스한 조명을 둘러싸고 사방에 가득 찬 책, 방문객들은 하나같이 '마법 같은 곳'이라는 후기를 남겼다. 비밀스러우면서도 빈티지한 분위기에 반해 부푼 마음을 안고 찾아갔다. '나타쇼'는 후미진 골목 작은 목조 건물 2층에 위치해 있었다. 비좁은 1층 입구를 거쳐 끼익끼익 소리 나는 나무 계단을 밟고 올라가니 15평 정도 되는 공간이 나타났다. 바닥 천장할 것 없이 온통 헌책으로 가득한, 한 번도 본 적 없는 풍경에 입이 떡 벌어졌다. 정말 말 그대로 '마법 같은' 공간이었다. 인터넷에서 본 그 예쁜 사진들도

실은 매력을 다 담지 못했구나, 할 만큼 무척 아름다웠다.

들어선 지 2분도 지나지 않아 책 한 권이 눈에 탁 걸려들었다. 히라타 쇼고의 『엄지공주』가 바닥에 수북이 쌓인 책더미 맨 위에 떡하니 놓여 있었다. 맙소사. 당장 손을 뻗었다. 『엄지공주』는 전집 중에서도 제일 좋아하던 책이었다. 인터넷으로만 전집 존재를 파악해놨지 실물을 다시 본 건 몇십 년만의 일. 마음속 아이가 방방 뛰었다. 기뻐하는 내 모습을 보고 의아해하는 책방 주인에게 어릴 적 봤던 그림책을 25여 년 만에 만나서 매우 기쁘다고 말했더니 "이 책, 일본에서는 아직도 흔하게 볼 수 있어요"라며 신기해했다.

히라타 쇼고의 전집과 재회하고 나서 놀란 것은, 알게 모르게 내가 이 그림책의 그림 스타일에 영향을 받았다는 사실. 평소 고전 애니메이션의 그림 스타일, 1980년대 이전에 나온 둥근 얼굴과 눈매, 과장이 너무 강하지 않은 체형과 옷 주름, 원색을 활용한 색감을 좋아했다. 1958년에 제작된 일본 애니메이션 「백사전」의 형태감을 보고 감동해서 애니메이션을 만든다면 고전적인 스타일로 만들어야겠다고 늘 생각했다. 히라타 쇼고의 그림체가 딱 그러했다. 그가 사용하는 명랑한 색감, 포동포동한 얼굴형, 인체 형태, 분위기가 내가 원초적으로 좋아하는 그림체와 무척 닮아 있었다.

또 그림책 작가가 애니메이터 출신 일본인이라는 사실도 놀라웠다. 그때는 어느 나라 사람이 그렸다, 어느 나라 그림체다, 따위를 모르고 좋아했기에 전혀 인식하지 못했다. 내가 평소에 애니메이션 그림을 보면 마음이 동하고 만들고 싶었던 건 애니메이터의 그림책을 보고 자랐기 때문은 아닐까. 어릴 때 본 그림책을 까맣게 잊은 줄로만 알았는데, 어쩌면 이런 스타일로부터 영향을 받은 건지도 모르겠다. 아니면 이런 스타일이 이미 내가 갖고 있던 안목이었던 걸까. 우리 부모님의 안목과 나의 안목이 어딘가 닮은 구석이 있어 결국 내 취향의 그림책을 고르셨던 걸까. 내 취향의 원형을 발견한 기분이었다.

사실 그리운 그림책이 하나 더 있다. 민트색 표지에 고딕 무늬로 장식된 책이었는데 아직 제목이나 작가를 찾지 못했다. 동판화처럼 세밀한 선으로 그려진 매우 클래식한 그림이 실렸고 색상이 단조로웠다. 그림이 예뻐서 엄청 좋아했다. 책 속 화려한 르네상스 시대 드레스를 이루는 레이스 하나하나를 보다 보면 시간 가는 줄 몰랐다. 표지 디자인과 그림은 기억나건만 도대체 어디에서 나온 전집인지 도무지 기억나지 않고 아무리 검색해도 나오지 않는다. 기억은 그 후 충분히 왜곡되었을 테니 전집이 아니었으려나. 기억을 더듬어 추측하건대 그림 스타일이 카이 닐센의 것과 매우 흡사했다. 전집 일러스트 작가가 카이 닐센인지, 아니면 그림 체가 비슷한 다른 사람인지 분명치 않았다.

한번은 1980년대 일본에서 출간된 『그림책의 세계, 110인의 일러스트레이터』를 손에 넣고 나서 뒤적이다가 어릴 적 본 그림책을 연상시키는 일러스트를 발견했다. 작가 이름은 에드먼드 딜락. 혹시 내가 본 전집은 그가 그린 걸까? 에드먼드 딜락에 대해 찾아보니 고전적인 동화책 삽화를 주로 그린 프랑스계 영국인이었다. 110인의 세계 일러스트레이터로 꼽힐 정도니 변방 작은 국가에까지 수출된 그림을 그렸을 것 같기도 하다.

에드먼드 딜락과 카이 닐센, 둘 중 누구의 그림일까? 둘 다 아닐 수도 있다. 자세히 살펴보면 그 그림과 미묘하게 다른가 싶기도 해서 확신은 못 하겠다. 『엄지공주』처럼 실물을 다시 보지 않는 이상 영영 모르지 싶다. 다만 카이 닐센과 에드먼드 딜락 모두 그림 스타일이 내 취향과 잘 맞아떨어진다. 다른 작가 그림들은 아무리 멋지고 마음에 들어도 어딘가 거슬리는 부분이 있어 마음을 다 내어주기가 어려운데, 이들의 그림은 거슬리는 곳 없이 한없이 아름답게 느껴진다.

수많은 그림을 만날 때마다 종종 생각한다. 취향의 원형은 도대체 어디서 오는 건지. 본질적으로 타고난 걸까, 아니면 후천적 경험에 의한 걸까? 혹시 전생? 무척 궁금했는데 내가 궁극적으로 바라는 그림 스타일이 어린 시절 본 그림책과 이어져 있다니. 언젠가 인터뷰에서 영향받은 그림책이 있냐는 질문을 받고 "딱히 떠오르는 게 없다"라고 대답했더랬다. 기억에 착오가 있던 걸까. 만약 다른 책을 읽었다면, 지금 추구하는 그림 스타일이 달라졌을까.

집에 다른 그림책도 있었기에 취향에 맞는 그림책만 각인된 건가 싶어 80~90년대 다른 출판사에서 나온 그림책 전집도 쓱 훑어봤건만 히라타 쇼고나 카이 닐센만큼 매력적으로 느껴지는 그림은 없었다. 그러고 보니 어릴 적 어떤 그림책을 읽다가 '왜 이렇게 사람들이 못생겼을까?' 못마땅해하던 일이 어렴풋이 떠오른다. 분명 꽤 여러 권이 그랬던 것 같은데 제목이나 판형이 영 기억나지 않는다. 관심이 없으니 자연스레 머릿속에서 지워버렸나. 어쩌면 영향을 받은 게 아니라 원래부터 내가 가진 어떤 기질이 작동해 히라타 쇼고의 『엄지공주』를 추억 상자에 담았을지도.

아! 나타쇼에서 오랜만에 재회한 친구가 또 있다. 과학앨범 시리즈로, 길을 가다 졸업 이후 한 번도 만난 적 없던 초등학교 동창을 만난 것처럼 반가웠다. 빨강, 초록, 파랑, 보라 등등 주제별로 자연과학 현상을 재밌게 설명해 무척 좋아했는데, 일본 원서를 번역한 것인 줄은 처음 알았다. 중고 시장을 알아보니 매물이 많다. 어쩐지 매물이 많으면 서둘러 사야겠다는 마음이 쏙 달아난다. 남편은 어렵게 손에 넣은 『데굴데굴 세계여행』을 방에서 데굴데굴 구르며 읽더니, 한동안 추억에 푹 빠져 지냈다.

일본 여행 중
우연히 발견한
다카마쓰
'책순례'
지도

香川
BOOK
遍路
MAP

지도를
들고 다니며
이틀간 다섯 군데의
서점을 갔다!

내 취향의 책이 많았던
Lunuganga

재미있는 책이 많았던
YOMS

책을 너무 많이 사는 바람에
결국 한국으로 택배를 부쳐야 했지만
한바탕 즐겁게 논 기억이었다

반지수의 책그림

안 녕 ,
만 화 책

　　그림 없이 글만 있는 책을 초등학교 5학년이 되어서야 처음 읽었다. 그 전에는 거의 만화책이나 삽화가 들어간 어린이책이었다. 만화책에 입문한 건 두 살 터울 지는 오빠를 따라서였다. 오빠는 어디서 정보를 얻는지 만화나 책, 게임에 정보가 빨랐다. 언제부턴가 매달 소년만화가 실린 『점프』를 사 왔다. 집에는 항상 오빠가 산 월간 만화 잡지나 게임 잡지 따위가 수북이 쌓여 있었다. 초창기엔 오빠가 다 보고 난 『점프』를 읽다가 여자아이를 위한 순정만화 잡지인 『파티』를 알게 됐다. 오빠를 따라 나도 다달이 만화 잡지를 사러 갔다. 단 한 번도 빠지지 않고 매달 사서 책꽂이에 한 권 한 권 모으는 즐거움에 빠졌더랬다. 잡지가 나오는 날은 내게 가장 중요한 이벤트였고 약속이었고 기다림이었다.

부모님은 만화만 보는 우리 남매에게 뭐라고 한 적이 없었다. 초등학생 때는 용돈을 받은 기억이 없는데, 아마 책값으로 얼마가 필요하다 말하면 그냥 돈을 주셨던 것 같다. 덕분에 눈치 안 보고 만화를 맘껏 봤다. 초등학생 내내 학원도 안 다녔고 공부해라, 숙제 다 했냐, 책 좀 읽어라 하는 잔소리도 듣지 않았다. 그저 열심히 놀고 또 놀았다. 만화, 게임, 애니메이션, 그림 그리기로 어린 시절을 모두 채웠다. 밖에 나가 친구들과 뛰어노는 건 별로 좋아하지 않았다. 그림을 그리며 놀다가 부모님께 보여주면서 커서 만화가가 될 거야, 하면 부모님은 웃으며 그러라고 하셨다.

월간 만화 잡지로 모자란 마음은 만화책 대여점에서 해결했다. 300원만 내면 책을 며칠간 빌려 볼 수 있음을 오빠에게 배운 뒤 자주 다녔다. 『파티』에 실린 만화 중 내가 사기 이전 연재하던 만화는 앞 내용을 모르니 단행본 1권부터 빌리거나 좋아하는 만화가의 다른 작품을 읽는 식이었다. 요즘도 맘에 드는 작가가 생기면 일단 그 작가의 책을 전부 찾아보곤 하는데, 돌이켜보면 만화책을 읽던 시기부터 그랬다.

가장 좋아하던 만화는 박은아 작가의 순정만화. 그리고 지금도 인기가 많은 『안녕 자두야』였다. 『짱구는 못 말려』, 『고스트 바둑왕』, 『카드캡터 체리』, 『슬램덩크』, 『괴짜가족』 같은 일본 유명 만화는 물론 여호경 작가나 천계영 작가의 국내 순정만화도 즐겼다. 『파티』에 연재되는 만화 대부분이 학교나 중세시대를 배경으로 한 로맨스물로, 개그나 학습만화는 비주류였던 것 같다. 핑크핑크한 그림이나 로맨스 장르를 보면 아직도 원초적으로 끌리는 느낌을 받는데, 분명 어릴 때 열광했기 때문이겠지?

오빠가 보던 만화책에는 야한 장면이나 폭력적이고 엽기적인 장면이 나왔다. 그런 것도 꺼리지 않고 아무런 문제의식 없이 그냥 봤다. 왠지 싫은 분위기가 풍기는 만화도 있었고 중세 이야기나 조금 진지한 만화는 내용을 하나도 이해하지 못했지만, 그때는 '내 취향이 아닌 것은 보지 않는다'란 가치관이 서기 전이라 집에 존재하는 만화란 만화는 닥치는 대로 읽어댔다. 일본 작가가 그린 만화책은 선이나 표현이 적나라하고 섬세해 한참이나 들여다보곤 했다.

그런데 '아, 이런 이야기라서 좋았다' 하고 느낀 만화책은 드물다. 재미있으니까 계속 찾아봤을 텐데, 이야기에 감동받은 기억은 거의 없다. 인간관계에서 비롯되는 갈등이나 감정을 이해하기엔 좀 어렸던 것 같다. 시간이 오래된 탓도 있겠지만 매달 챙겨 봤음에도 이미지는 생생한 데 비해 내용은 흐릿하다. 어쩌면 검은 선으로 만들어진 그림과 형태를 보는 행위 자체를 좋아했지 싶다. 만화책 속 그림을 보면서 늘 궁금했다. 무엇으로 어떻게 그린 걸까? 어디에 그려서 어떻게 복사해서 책으로 만드는 걸까? 나도 검은색 펜으로 선을 긋고 싶다고 생각했다.

　그림과 만화를 좋아하는 많은 아이가 그렇듯 나의 장래 희망 역시 만화가였다. 『파티』에는 작가의 일상 이야기나 후기가 종종 나오는데, 거기서 잉크와 펜촉, 스크린톤 같은 만화 도구를 처음 알았다. 시골 작은 동네에 살던 나는 서울에 사는 친척을 통해 만화지와 펜촉, 잉크, 스크린톤을 구했다. 그러고는 앉은뱅이책상 앞에서 한참이나 펜촉과 잉크와 스크린톤을 가지고 놀았다. 칸을 나눠 이야기를 짜고 만화를 베껴 그리며 아홉 살짜리 어린아이는 '계속하면 더 잘할 수 있겠다' 생각했다. '나중에 『파티』에 만화를 연재해야지, 이 만화가들 다 따라잡을 수 있어!'라는 욕심도 품었다.

　하지만 중학생이 되면서 만화책을 딱 끊었다. 내 기억이 맞다면, 거의 한 권도 보지 않았다. 초등학교 6학년이 끝나갈 즈음, 공부를 잘하고 싶단 마음이 불현듯 들었다. 방치 아닌 방치 탓에 학교 성적이 좋지 않았던 나는 저학년까지는 아무 생각이 없었다. 그림을 잘 그리고 그림으로

만화를 그리고 나면
스크린톤 조각이 집안
여기저기서 발견되었다

제일 저렴한
플라스틱 펜대

먹고살 거라 공부할 필요성을 못 느꼈다. 그러다 초등학교 4학년 때 부모님이 이혼하면서 무언가 알 수 없는 열등감이 자라났다. 그림 말고 학교생활 여기저기서 승부욕이 일었다. 선생님께 인정받는 공부 잘하는 아이가 되고 싶었다. 그동안 밀린 빚을 갚듯 중학교 올라가서는 열심히 공부했다. 그래봤자 성적은 중위권에서 조금 위였으니, 꼭 공부 때문에 만화를 끊은 건 아니었다. 초등학교 5학년 때부터 해리 포터 시리즈에 푹 빠져 소설에 재미를 붙인 영향도 있다. 『안네의 일기』, 『클로디아의 비밀』, 『나니아 연대기』, 『빨간 머리 앤』, 『비밀의 화원』…… 이름은 들어봤지만 읽어본 적 없는 유명한 책이 만화의 빈자리를 채웠다.

　　당시 나는 이혼한 아빠를 따라 할머니 집에서 살았다. 당연히 이사할 때 만화책을 빼놓지 않고 가져왔던 터였다. 어느 날 학교에서 돌아오니 할머니가 내 의사도 묻지 않고 그동안 모은 만화책을 전부 버리려고 포대에 담아 놓은 것을 발견했다. 보물 같은 만화책이 누덕누덕하게 쓰레기처럼 쌓여 있는 모습이란! 충격에 빠져 아무 말도 나오지 않았다. 마음이 아팠지만 어쩔 수 없단 생각도 들었다. 나의 한 시절이 운명적으로 끝나버린 듯한 느낌이었다.

　　나는 투정 부리지 않는 아이였다. 가슴속 작은 분노를 티 내지 못하고 속으로 삭였다. 평생 농사만 짓고 글도 아주 조금밖에 모르는 할머니에게 만화책은 쓸데없이 공간을 차지하는 종이 더미일 뿐, 누군가에게는 소중한 물건임을 짐작조차 못 했을 기야, 하며. 악의가 없음을 알았기에 아무것도 할 수 없었다. 그 후로 만화책을 사기는커녕 거의 10년 넘도록 가까이하지 않았다. 동시에 만화란 꿈도 저 멀리 떠나갔다.

스물여섯 살, 애니메이션 회사에 다닐 때 근처 만화 카페에서 『파티』를 13년 만에 조우했다. 처참히 버려졌던 장면이 떠올라 슬펐지만, 이제 어른이니까 추억의 책을 내 곁에 복원하고픈 마음도 들었다. 또 잊고 지내다 얼마 전 '중고나라'에서 딱 내가 보던 시기의 『파티』 판매글이 있길래 댓글을 달았다. 2년 전 게시글인데 아직 팔리지 않은 모양이었다. 20년 전 가격보다 2.5배 비쌌지만 사기로 했다. 오랜 시간이 지난 만큼 연재만화 중 절반 이상은 가물가물한데, 다시 펼쳐보면 어떨까? 얼마 후 『파티』 여섯 권이 집에 도착했다. 좋아했던 장면, 캐릭터 얼굴, 부록 이미지를 보자 잊었던 기억이 되살아났다. 그때의 공기와 분위기마저 떠오르는 듯했다. 내 기억 일부는 여기에 묻혀 있었구나. 이번에 산 『파티』는 물론 지금 내게 소중한 책도 절대 버리지 말아야겠다고 다짐했다.

앤이 건넨
위로

초등학교 5학년, 고모가 선물한 『해리 포터와 아즈카반의 죄수』를 읽은 후 중학교 3학년 때까지 해리 포터에 푹 빠져 살았다. 만화책을 멀리한 시간 동안 해리 포터 시리즈나 다른 소설을 읽었다. 해리 포터를 얼마나 좋아했는지, 택배 상자에 든 책을 꺼내던 그 순간을 아직도 잊지 못한다. 곧이어 영화도 하나둘 나왔는데, 영화를 보고 감동해서 영화감독이 되겠다고 선언하기도 했다.

친구들과 소설 속에 나오는 마법 주문을 노트에 따로 적어 외우며 학교 안 비밀 공간을 찾아다녔다. 현실에서 벗어나 기차를 타고 마법이 가득한 공간으로 간다는 설정이 나를 황홀하게 했다. 해리 포터와 아이들처럼 새로운 세계로 가고 싶었다. 그 마음이 강렬해서 중학생 때까지 마법 세계가 진짜 있다고 믿었고, 집 근처 울창한 숲을 볼 때마다 마법학교 호그와트를 떠올렸다. 어쩌면 저 너머에 또 다른 세계가 있을지도 모른다고 여겼다. 해리 포터가 하얀 부엉이에게 편지를 받고 마법학교에 입학하듯, 저 숲에서 나를 향해 부엉이가 날아왔으면 좋겠다고 매일 기도했다.

책 속 삽화는 나의 상상력을 더욱 자극했다. 국내에는 미국판 삽화가 쓰였는데 파스텔로 그린 듯한 색감과 조형미 그리고 마법 세계를 담은 분위기가 너무 좋아 언젠가 이런 그림을 그리고 싶다고 늘 생각했다. 색이 빠짐없이 가득한 그림을 좋아하는데 해리 포터 시리즈 그림이 그러했다. 삽화가 이렇게 아름답다니. 삽화가 메리 그랑프레를 포털에 검색해 그녀에 관한 정보를 그러모았다. 어떤 재료로 어떻게 그렸는지 찾아보다 파스텔로 그린 그림임을 알고 따라 그리며 연습하기도 했다. 이때 처음으로 책에 들어가는 그림을 그리는 삽화가가 되고 싶다고 생각했다. 일러스트레이션 전공이 있는 애니메이션 고등학교에 가겠다고 다짐했다. 애니메이션 고등학교에 가거나 관련 전공을 하지는 못했지만 결국 표지나 삽화를 그리는 사람이 된 지금 모습을 자각할 때면 돌고 돌아 꿈을 이루었구나, 신기한 기분에 휩싸인다.

중학생이 되면서 읍내에서 버스로 30분 넘게 굽이굽이 들어가는 할머니 집으로 이사했다. 버스가 하루에 예닐곱 대밖에 다니지 않는 시골이었다. 수업이 끝나도 버스가 올 때까지 한두 시간 더 기다려야 해서 집이 먼 아이들끼리 모여 시간을 때우러 거의 매일 도서관에 갔다.

도서관에는 컴퓨터를 쓰거나 DVD를 보는 컴퓨터실이 있었지만 인기가 많아 자리 잡기가 쉽지 않았기에 하는 수 없이 열람실에 가는 날이 더 잦았다. 서가 중에선 영미 문학 코너를 가장 좋아했다. 해리 포터 영향에다 원래 미국과 영국을 선망했다. 감성적인 편이라 판형이나 삽화, 제목을 보고 부드러우면서도 친절해 보이는 책을 주로 골랐다. 책의 디자인과 모양 구경하기를 즐기기도 했다. 영미 문학 코너 맨 끝에는 한국어로 번역된 책이 아니라 양장 제본된 영어 원서가 나란히 꽂혀 있었다. 꺼내들면 빛바랜 종이가 클래식한 분위기를 자아냈다. 해리 포터 영화에 나올 법한 생김새라, 내용은 한 줄도 못 읽으면서 아름다움에 홀려 오브제 감상하듯 찬찬히 들여다봤다. 때론 일러스트레이터가 지은 책이나 만화 에세이를 빌려 보기도 했다. 어느샌가 학교를 마치면 도서관 서가를 어슬렁어슬렁하는 게 일상이 됐다. 도서관이 문을 열지 않는 월요일에는 읍내

여기저기를 돌아다녔고, 가끔 정말 아무 데도 갈 데가 없으면 한 시간 넘게 버스 정류장에 앉아 책을 읽기도 했다.

그때 도서관에서 빌려 가장 몰입해 읽은 책이 『빨간 머리 앤』, 『에이번리의 앤』, 『레드먼드의 앤』이다. 거칠한 나무 상판에 투박한 니스칠을 한 열람실 책상에서 시간 가는 줄 모르고 읽던 그 감촉이 아직도 선명하다.

왜 그렇게 앤 시리즈에 빠져들었을까. 앤이 생각하고 행동하는 방식이 좋았다. 고아였던 앤은 자신이 갖지 못한 것 앞에서 희망찬 미래를 상상하며 자신의 불쌍한 처지를 위로했다. 나 역시 앤처럼 내가 갖지 못한 것을 매일 상상하며 잠들었다. 중학생 때의 나는 결핍 덩어리였다. 집 형편이 넉넉하지 않아 갖고 싶은 것을 갖지 못하는 날이 많았다. 앤을 읽으면서 늘 나의 결핍을 상상력으로 채웠다.

또 앤과 나는 시시각각 자연이 만드는 풍경을 열렬히 사랑할 줄 알았다. 아니, 그런 태도를 나는 앤에게서 배웠다. 앤이 고아원을 나와 초록 지붕집에 살게 됐을 때, 앤은 자신을 둘러싼 새로운 마을과 자연에 대한 묘사를 아끼지 않는다. 자연을 보며 앤은 거침없이 감탄하고 감동할 줄 아는 아이였다. 시골로 이사 가는 게 싫지 않았던 이유는, 나도 앤처럼 자연을 사랑하는 마음이 있었기 때문이다. 앤을 보며 내 마음이 이상한 것이 아니라고, 앤처럼 내가 좋아하는 아름다운 장면을 더 적극적으로 받아들이겠다고 다짐했다. 앤을 흉내 내며 집 근처 커다란 나무가 울창하게 이어진 오솔길을 '연인의 오솔길'이라 부르며 걷곤 했다. 힘든 일이 생기면 '절망의 구렁텅이'에 빠졌다고 일기에 쓰곤 했다. 중학생 때 나는 앤의 언어로 하루를 살았다. 앤이 세상을 보고 감탄하는 언어로 나도 내 세상을 받아들였다.

3년 전쯤, 『빨간 머리 앤』 삽화 제안을 받은 적이 있다. 그날 내 꿈이 모두 이뤄졌다 싶었는데, 샘플 그림을 주고받다가 아직 내가 앤을 그릴 만큼 실력이 없음을 깨닫고 하지 않기로 했다. 씁쓸했지만 스스로 불만족스러운 그림으로 앤을 완성한다면 마음이 더 힘들 것 같았다. 이미 훌륭한 삽화가 많으니 굳이 내가 나서지 않아도 된다고 생각했다.

초등학교 6학년이었을까. 부모님의 이혼으로 조금 풀이 죽은 내게 친한 친구가 "네가 이 책을 좋아할 것 같아"라며 타샤 튜더 책을 선물했다. 이때 선물 받은 책을 아직 갖고 있으니, 내 책 가운데 가장 오래 내 곁을 지켜준 셈이다. 타샤 튜더 책은 펼치자마자 과연 친구의 예언대로 깊이 빠져들었다. 시골에 살면서 인형을 만들고 천을 짜고 그림을 그리며 행복하게 사는 할머니라니. 롤모델을 만들지 않지만 나도 꼭 할머니가 될 때까지 그림을 그리겠다고 다짐했다. 아주 어릴 때부터 인형을 만들고 바느질을 하는 취미가 있는 내게 타샤의 세계는 동경의 대상이고 늘 영감을 주는 사람이다. 그녀를 보면 아무 계산 없이 순수하게 사랑하는 일을 지속하고 싶어진다. 무언가를 만들고 갖고 놀고 자신의 집을 꾸미는 일 같은 것 말이다. 지금도 이런저런 속세에 치여 지칠 때 타샤 튜더를 떠올리며 내가 어디로 나아가야 하는지를 점검하곤 한다.

타샤 튜더를 한창 좋아할 때 도서관에서 영미 문학 코너를 서성거리다 발견한 『비밀의 화원』. 처음엔 매력적인 제목 때문에 꺼내 들었지만(비밀의 화원이라니, 꺼내 들지 않을 수 없다. 비밀스러운 공간에 이끌리지 않는 사람이 있을까), 삽화를 타샤 튜더가 그렸기 때문에 더 마음에 들었다. 버르장머리 없는 여자아이 메리가 전염병으로 하루아침에 부모님을 잃고 고모부 집에 살게 되면서 붉은가슴울새와 친구들과 비밀의 화원을 만나 마음을 여는 이야기다. 주인공 메리가 황무지를 뛰놀고 비밀의 화원을 만나기까지의 과정을 읽으며 나는 그곳의 모습을 끊임없이 상상했다. 그리고 살던 시골의 엉킨 풀과 나무를 보며 내 비밀의 화원은 어떤 모습일지 떠올렸다. 책을 읽으며 내가 시골에서 만난 모든 풍경-겨울이면 차가운 공기를 뚫고 불 때는 냄새가 나고 닭과 병아리가 이곳저곳 뛰노는-을 사랑했다. 주인공과 작은 새와의 소통에서 말할 수 없는 안정감을 느꼈다. 책 속 아이들처럼 비밀스러운 공간 속으로 파고들고 싶어 집 주변 여기저기를 동생들과 열심히 쑤시고 다니기도 했다.

사춘기 시절, 도서관을 드나들며 많은 책을 읽었지만 해리 포터나 앤 시리즈, 『비밀의 화원』을 유독 기억하는 이유는 내가 그들에게 이입했기 때문이리라. 어른이 돼서 세 권의 공통점을 발견했는데 바로 주인공 셋 다 고아라는 점이다. 그리고 자신을 괴롭히거나 성장에 방해되는 환경에서 벗어나 새로운 가족이 있는 자연이 가득한 새로운 세상으로 이주한다는 점이다. 그곳에서 이전에 없던 경험을 하고 부모님은 아니지만 세상을 알려주는 어른과 새 친구를 만나 성장한다.

부모님이 이혼한 후 아빠를 따라갔으니, 나는 고아까진 아니었지만 어쨌든 부모님 한 명과는 이별했다. 그리고 이사를 거듭하며 자꾸만 새로운 환경에 놓였고, 그때부터 나만의 세계를 꿈꾸기 시작했다. 엄마와 헤어지며 부모님께 어리광 부리는 시기가 끝났다고 생각했던 것 같다. 대신 나의 다음 단계를 상상하곤 했다. 나의 성장, 내가 만들어나갈 새로운 세계를 끊임없이 머릿속에 떠올렸다. 해리 포터나 앤, 메리처럼 나만의 공간을 만들고 독립하고 싶다는 욕구를 느꼈다. 경제적 독립이나 물리적 독립이 아니라, 한 인간으로서 취향과 자아의 공간을 마련하고 싶다는 의미로서의 독립을 하고 싶었다. 내 미래는 내가 만들어야 한다, 나만의 길을 가고 싶다, 나의 세계를 만들고 싶다는 감각이 처음 생겨났다.

시골 마을 여기저기를 다니며 나만의 비밀 공간을 만들어 이름을 붙이고 일기에다 어떤 어른이 되고 싶은지, 어떤 세상에서 살고 싶은지를 그렸다. 잠들기 전 항상 상상했다. 호그와트와 초록 지붕집과 황무지 저택을 떠올리며 내가 갈 '다음 세상'에 대한 기대로 하루하루를 살았다. 특히 앤은 나중에 어른이 될 때까지 이야기가 이어져 불안했던 사춘기 시절 나를 매우 안정시켰다. 앤은 고아라는 편견과 온갖 상처에도 긍정적인 마음으로 힘든 환경을 딛고 어엿한 어른으로 성장했는데, 그 과정이 너무나 상세하고 있을 법해 나도 그렇게 될 수 있을 것만 같았다. 결국 모든 일이 지나가고 상처는 과거가 되어 어른으로 자라는 날이 내게도 오리라 믿었다.

그렇게 내 여린 마음을 달래줬건만 늘 빌려 봤기 때문에 막상 책은 갖고 있지 않았다. 내가 본 책은 시공주니어에서 나온 네버랜드 클래식이었다. 얼마 전 갑자기 생각나서 중고로 살까 싶어 검색해보니 아니, 그 판형과 디자인 그대로 지금도 나오고 있는 게 아닌가. 반가운 마음에 전부 사들였다. 택배를 받은 날 울컥했다. 잘 만든 디자인과 판형을 이제껏 유지하다니, 정말 멋졌고 추억이 되살아났다. 만약 디자인이 바뀌었다면 나는 당연히 중고책을 샀을 게다. 표지와 내지의 질감도 여전했다. 책은 텍스트뿐만 아니라 물성으로 기억에 존재하는구나, 새삼 느꼈다.

『달과 6펜스』

무엇을 읽어야 할지 모를 때면 어디선가 들어본 고전을 손에 잡히는 대로 꺼내 든다. 『달과 6펜스』도 처음엔 그렇게 읽었다. 헌책방을 구경하다가 익숙한 제목에 익숙한 작가 이름이 보여 펼쳐 들여다봤는데 몇 페이지 읽다가 예사롭지 않음을 느꼈다.

이 소설은 프랑스 인상주의 화가 폴 고갱을 모델로 한다. 폴 고갱은 20대 후반이 되어서야 회화에 관심을 갖고 그림을 그리기 시작해 30대 중반

나이에 다니던 직장을 그만두고 전업 화가가 된다. 먹고살기 힘들어져 아내와 자식들과도 헤어지지만 40대 들어 점점 화단에서 주목받다가 마흔세 살에 서양 문명과는 정반대에 있는 순수한 자연과 원주민을 담기 위해 남태평양 타히티섬으로 떠난다.

『달과 6펜스』에선 이야기가 좀 더 극적으로 바뀐다. 폴 고갱이 조금씩 오랜 기간에 걸쳐 증권인에서 화가로 변모한 것과 달리 『달과 6펜스』의 주인공 찰스 스트릭랜드는 마흔 살이 되자마자 하루아침에 주식 중개인이라는 직업과 단란한 가족을 버리고 자취를 감춰버린다. 아무런 말도 아무런 징조도 없이 편지 한 통 남기지 않고 불쑥. 주변 사람은 혹시 여자와 달아난 게 아니냐고 추측하지만, 사실 그가 떠난 이유는 예술에 모든 것을 바치기 위해서였다. 남겨진 가족은 허무함과 절망에 빠진다. 이런 무자비한 모습 때문에 독자 후기를 읽어보면 간혹 스트릭랜드를 이해할 수 없다는 반응도 있다.

스트릭랜드는 그림을 그리기 시작한 뒤 탐미적인 것에 모든 정신을 몰두하는 광적인 모습을 보이기에 멋지다거나 행복하단 느낌을 주지 않는다. 하지만 나는 이 소설을 읽고 전율이 일었다. 스트릭랜드의 결단력을 닮고 싶었다. 그림을 포기했을 때 난 고작 열여섯 살이었다. 그때 그림을 포기한 이유는 정치나 행정 쪽에 관심을 가져서이기도 했지만 실은 예술 관련 고등학교를 가지 않았고 그림을 한 번도 학교 밖에서 배워본 적이 없었기 때문이다. 인문 고등학교에 다니며 미술 전공을 할 수 있지 않을까 고민했는데, 정치를 배우고 싶다는 생각이 자꾸 커져 실천으로 옮기지 못했다. 두 살 위 오빠가 대학 진학 문제로 부모님과 다투는 모습을 보고 지레 겁을 먹은 나는 부모님과 싸우기 싫어 미술을 전공하고 싶다는 말조차 꺼내지 못했다. 대학에 와서도 언제나 미술 주변을 기웃거렸을 뿐 시작하지 못했다. 이미 자격이 없는 것 같아서였다.

『달과 6펜스』를 읽고 비로소 깨달았다. 비록 소설 속 인물이긴 해도 안정적인 직장과 단란한 가정, 사랑스러운 아내와 두 아이를 둔 마흔 살 스트릭랜드는 모든 것을 내려놓고 결심했다. 정작 나는 고작 20대 초반 어린 나이라 그에 비하면 가진 것도 내려놓을 것도 없었다. 뭘 시작하든 좋을 시기에 그림을 그릴지 말지, 해도 될지 말지 갈팡질팡 고민하는 데만 시간을 쓰고 있었다. 『달과 6펜스』를 읽는 동안 나라면 뭘 선택할지 끊임없이 내 상황을 대입했다. 마음을 들여다보니 자연스레 스트릭랜드를 응원하는 자신이 보였다. 소설 속 사람이 다 스트릭랜드를 비난해도 나는 하고 싶은 것을 좇아 전부를 버린 스트릭랜드에 공감했다. 이내 열정으로

뒤덮인 소설 속 아저씨를 따라 하고 싶다는 소망으로 가득 찼다.

달과 6펜스는 둘 다 동그랗게 은빛으로 빛나지만 각각 다른 이상을 가리킨다. 달은 꿈을, 6펜스는 현실을 비유한다. 나는 스트릭랜드가 6펜스가 아닌 달을 선택한 것이 다행스러웠다. 사람들은 내게 자주 물어보곤 했다. "그림으로 먹고살기 힘들지 않아?" 그럴 때마다 속으로 생각했다. '나는 6펜스가 아니라 달을 택할 거야.' 그 말을 되뇌고 또 되뇌었다. 남들이 정한 기준대로 살지 않겠다고, 그렇게 사느니 차라리 이 세상에서 가장 괴짜이고 독단적이고 예술에 미친 스트릭랜드를 닮겠다고. 사실은 당신도 책임을 몽땅 벗어 던지고 오직 자기만을 위해 살아보고 싶지 않냐고, 어린 시절 꿈을 이루고 싶지 않냐고 되물었다.

어차피 나는 버릴 가족도 직장도 없었다. 남들이 취업할 때 가질 만한 예상 수입을 잠시 포기하면 그뿐이었다. 지방에 살고 계신 부모님께는 그림을 그리겠다고 마음먹은 일을 비밀로 하고 행동에 옮겼다. 종종 나를 보는 한심한 시선만 견뎌내면 되었다. 적어도 (스트릭랜드처럼) 주변에 상처를 주거나 충격에 빠뜨리진 않았다. 이 정도면 스트릭랜드보단 낫지 않냐고 스스로를 위로했다. 나이도 스트릭랜드의 절반밖에 되지 않았다. 그렇게 달을 택했다. 남들 보기 좋은 길이 아닐지라도 그림을 그리는 나는 행복하리라 믿으며.

"그런 당신을 세상에선 몰염치한 사람으로 볼 것이오."

"마음대로 그러라죠."

"모든 사람이 당신을 경멸해도 괜찮단 말인가요?"

"상관없소."

(······)

"하지만 당신의 나이는 사십입니다."

"그러니까 더 이상 꾸물거릴 수 없었던 거요."

"그럼 전에도 그림을 그린 경험이 있으신가요?"

"나는 어렸을 때부터 화가가 되고 싶었소. 그런데 화가가 되면 돈을 못 번다고 집안에서 반대하셨기 때문에 지금까지의 일을 하게 된 거요. 그래서 한 1년 전부터 조금씩 그리기 시작하여 그 동안 줄곧 밤에 그림 공부를 하러 다녔죠."

(······)

"자신에게 재능이 있는지 없는지를 어떻게 아십니까?"

(······)

"그림을 그리지 않고는 견딜 수가 없으니까."

55~58쪽, 『달과 6펜스』, 혜원출판사

스트릭랜드는 도대체 얼마나 오랜 시간을 참아온 걸까. 소설 내내 이런 대화, 창조 본능이 온몸을 휘감아버린 경험과 감각이 나온다. 스트릭랜드는 세상의 평판이나 관습을 전혀 문제시하지 않는다. 그림을 그리고 싶은 사람이라면, 그림을 그리려다가 현실적인 문제로 그만둔 적 있는 사람이라면, 그림이 아니더라도 어릴 적 꿈을 접은 적 있다면 스트릭랜드의 생각에 공감하며 흉내 내고 싶어 몸 둘 바를 모르게 된다.

『다만 이것은 누구나의 삶』

카페 아르바이트를 하다가 우연히 읽게 된 책이다. 자기 꿈을 찾아 실현한 이 시대 젊은이들의 이야기를 담았다. 출판사 서평을 인용하면 "안정적인 직장, 수입, 조건 맞는 결혼 (……) 어쩌면 강요받고 요구된, 세뇌된 행복을 추구하며 살고 있는지도 모른다"는 의문에서 시작해 "내가 누군지 정말 원하는 게 뭔지 밤새 고민해본, 가슴 벅찬 자유를 만끽하며 밤새 뒤척여본 사람들의 이야기"를 풀어낸다. 포토그래퍼, 디자이너, 연극배우, 화가, 영화감독, 에디터, 만화가, 뮤지션, 여행작가, 건축가, 시인 등 열세 명의 젊은 청춘이 어떻게 자신만의 삶을 꾸려나가는지 직접 만나 나눈 이야기를 담은 인터뷰집이다. 『달과 6펜스』가 말 그대로 소설 속 이야기라면, 이 책은 현실판 스트릭랜드를 보여준달까.

　나는 인터뷰집이 좋다. 나와는 다른 사람, 먼저 어려운 길을 간 사람과의 대화에선 분명 배울 점이 있다. 노포에 들렀을 때 사장님이 늘어놓는 살아온 이야기나 집회에서 투쟁하는 사람들이 폭로하듯 뱉어내는 이야기나 부모님이 조곤조곤 털어놓는 과거 이야기를 즐긴다. 사람은 다 저마다 이야기가 있다. 한 명 한 명 직접 만나 듣진 못하지만, 인터뷰집은 읽기만 하면 된다. 인터뷰어가 사람들이 궁금해할 법한 질문을 던지고 그에 대한 그들의 답을 들을 수 있는 것이 인터뷰집의 매력이다.

　사람과 사람이 반짝이는 눈빛으로 마주 보며 서로를 향한 궁금증과 애정이 가득한 시간에만 나오는 이야기. 때로는 일기장에 쓸 때보다 더 술술 풀어놓기도 하고, 대화를 나누며 자신도 몰랐던 부분을 말하기도 하고, 가끔 한층 용감하게 자신을 발화하기도 한다. 인터뷰집을 읽으면 그들과 차 한잔, 술 한잔 기울이는 것 같다. 『다만 이것은 누구나의 삶』도 현실에서 꿈을 좇는 사람이 어떤 삶을 살고 얼마큼 만족감을 느끼는지 편안하고 생생하게 들려준다.

인터뷰이는 대부분 예술 계통 직업인데, 어쩜 순탄하게 일을 시작한 사람이 없다. 나처럼 전공이 아님에도 시작한 사람, 다른 일을 하다가 시작한 사람, 전공이지만 돌고 돌아온 사람 등등. 고된 시간을 거친 그들은 지금이 좋다고 말한다. 공통점은 결국 무엇을 할 때 가장 행복한지를 찾아냈다는 점이다. 다들 즐겁게 자기 일을 했다. 주변에서 예술인을 만나본 적 없는 나는 그들의 삶이 어떠할지 항상 막연하게 상상했다. 이 책을 보니 대단하진 않더라도 자신의 즐거움을 하나씩 발견해 계속하려 애쓰는 모습이 고와 보였다. 주변의 걱정과 만류에도 나름 잘 살아가며 '지금이 좋다'고 얘기했다. 아, 좋아하는 일을 하는 사람은 지금이 좋다고 할 수 있구나. 선택을 후회하지 않고 말이다.

이 책을 읽을 때까지만 해도 내 꿈은 인권 변호사였다. 책장을 덮고 나니 원하는 걸 해보고 싶다는 마음이 생겼다. 다른 어떤 책보다 현실적인 희망이 만져지는 듯했다. 언젠가는 책에 나오는 사람들처럼 살고 싶어졌다. 그들 예술인은 자유로웠다. 자기 삶에 만족했다. 돈을 많이 벌어 사회적으로 엄청난 성공을 해서가 아니라 원하는 일을 해서. 나도 그렇게 살고 싶었다. 그림을 할지 말지, 할 수 있을지 없을지 고민하고 방황하느라 그림을 곧장 시작하진 못했지만, '언젠가 그림을 시작하고야 말겠다'는 씨앗을 마음에 심게 됐다.

아쉽게도 『다만 이것은 누구나의 삶』은 절판됐다. 이런 책이 꾸준히 나오면 좋으련만. 험한 길, 자유로운 길을 먼저 가본 동시대 사람 이야기를 더 많이 듣고 싶다.

『지금 시작하는 드로잉』

그날, 나는 어떻게 이 책을 알아본 걸까? 취미로 드로잉을 하는 사람들로부터 이미 많은 사랑을 받는 책인 듯했지만, 그 사실을 미리 알고 집어 든 것은 아니었다.

정치외교학과를 다니다 그림을 그리겠다고 마음먹고 어영부영하다 졸업하지 못해 대학생 6년 차에 접어들 때였다. 이제 정말 행동으로 옮겨야겠다고 각오한, 2014년 2월 1일 스물네 번째 생일에 혼자 교보문고로 향했다. 이전에는 화가의 생애나 그림 교양서만 봤지, 그림 그리는 입장에서 필요한 작법서나 지침서는 한 번도 안 봤다. '그림을 그릴 거야, 지금 당장 그림을 시작하는 데 도움 되는 책을 사자!' 이런 마음으로 미술 서가를 한참 돌아다니다 고른 책이 바로 『지금 시작하는 드로잉』, 생애 첫 작법서를 생일 선물로 샀더랬다.

　책을 펼치니 성인이 그림을 다시 시작하는 것에 관한 거의 모든 이야기가 담겨 있었다. 저자는 예술 작가로, 어느 여행에서 즐겁게 드로잉을 하다가 입시 미술과는 다른 자유로운 매력을 느꼈다. 그리고 그 그림을 다른 이들에게 보여줄 때마다 깨달았다. 여행지에서 쓱쓱 그린 드로잉을 보고 많은 사람이 부러워했는데, 실은 사람들이 꼭 업이 아니더라도 취미로 그림을 그리는 능력을 익히고 싶어 한다는 것을 말이다.

　얼마 있다 저자인 오은정 작가는 인터넷 동호회를 만들어 그림 그리는 법을 가르치고 공유하기 시작했다. 그곳에서 성인이 되어 그림을 뒤늦게 시작한 사람이 주로 어떤 점을 어려워하는지 알게 되었다. 드로잉 시작을 어떻게 하면 되는지, 그리다가 다들 어디에서 막히는지, 빈 종이를 두려워하는 마음을 어떻게 다스릴지 사람들과 부딪혀가며 취미 미술에서 공통으로 드러나는 문제와 해법을 발견했다. 그 강의를 바탕삼아 아주 소상히 써 내려간 책이 『지금 시작하는 드로잉』이다.

처음 스케치북을 마주하면 '뭘 그리지?', '어떻게 그리는 거지?', '얼마나 그려야 실력이 좋아질까?', '무엇부터 해야 할까?' 하는 고민과 끝도 없이 만난다. 수십 가지 질문을 한 번에 쏟아내다 보면 결국 '내가 할 수 있을까?'라는 의심으로 번지고야 만다. 끝내 의기소침해져 포기하는 사람도 다수 생긴다.

이 책은 누구나 가지는 고민에 대해 구체적인 답변과 풍부한 위로를 건넨다. 그러면서 그림을 그리고 싶던 첫 마음을 다잡아준다. 그림을 그리다 보면 왜 여러 가지 의문이 들고 어려운지를 친절하게 안내해준다. 동시에 그림을 지속할 수 있도록 밀고 당겨준다. 뿐만 아니라 선 긋기, 깊이감과 밀도감을 드러내는 법, 어떻게 사물을 관찰하는지, 언제 실력이 느는지, 어려운 부분을 어떻게 그리면 되는지 등등 기술이나 현실적인 팁이 가득하다.

쉽게 쓰인 간결하고 선명한 내용을 줄줄 읽다 보면 어느새 스케치북과 연필을 준비해 뭐라도 당장 그리고 싶어진다. 학교에서 정규교육을 하듯 구성된 책이 아니라, 현장에서 직접 성인을 대상으로 가르치며 얻은 노하우라서 그림을 막 시작한 사람에게 정말 유용한 책이다.

나 역시 이미 그림에서 손을 놓은 지 오래였고 따로 배워본 적 없어 의심과 막연함이 가득했다. 그런데 이 책을 읽는 순간 두려움보다는 하고 싶다는 느낌, 시작하고 싶다는 생각으로 가슴이 두근두근했다. 기가 막힌 선택이었다. 온라인 수업을 진행하며 만난 어른이 되어 다시 그림에 도전하는 이들이 책을 추천해달라고 하면 서슴없이 이 책을 추천했다.

팔 랑 귀 의
장 점

수강 신청을 할 때나 진로를 결정할 때는 죽어도 다른 사람 말을 듣지 않는다. 선배들이 학점 따기 쉬운 수업을 추천해주면 '왜 점수 잘 주는 걸로 수업을 결정하지?'라는 생각이 들었다. 고등학교 3학년 때는 전교생 중 나만 담임교사와 대학 진로 상담을 끝까지 하지 않았다. 하향 지원하라는 담임의 의견이 싫어서였다. 이처럼 나는 스스로를 자기 주관이 뚜렷한 사람이라고 생각했다.

그런데 주변으로부터는 오히려 사기당하기 딱 좋은 팔랑귀를 가졌다는 말을 종종 듣는다. (애초에 확고한 자기 생각과 팔랑귀는 반대 성질이 아닐지도.) 20대 초반 연애 에피소드를 친구들에게 말하면 "너 가스라이팅 당했네"라고들 한다. 나보다 똑똑해 보이는 사람 말이나 그럴듯한 주장이 귀에 들어오면 무진장 솔깃하다. 설득력 있는 이야기라고 판단되면 '저거 네! 저 말이 맞다!' 하면서 팍 꽂혀버린다. 선배들의 짓궂은 농담을 진짜인 줄 알고 믿어버린 적도 많다. 다들 너무 불안한 나머지 "어디 가서 사기당 하지 마라" 잔소리를 자주 해준 덕분에 다행히 어디 가서 사기는 아직 안 당해봤다.

어떠한 주장에 동의하거나 흥미로운 관심사에 솔깃하는 것과 장난에 잘 속아 넘어가는 것이 다른 성질의 심리일지도 모르겠지만, 어쨌든 여러 방면에서 아슬아슬 팔랑거리는 귀에도 장점은 있다. 의심이 적달까, 때로는 단순하다고나 할까. 바로 실행력이 좋다는 것이다. 독서할 때 무언가를 읽고 말이 된다 싶으면 현실에서 정말로 해버리는 그런 특유의 가벼움 말이다.

오랜만에 예전에 기록한 2011년 독서 목록을 꺼내 봤다. 한 해 동안 읽은 책을 순서대로 정리한 목록을 주욱 훑어보는데 '아, 나 정말 팔랑귀 맞네'라고 증거를 확인한 듯했다. 1년이라는 시간 동안 관심사가 이리저리 쉬지 않고 옮겨 다녔다. 당시 인문학과 고전 도서 다시 읽기 열풍이 불었더랬다. "고전과 인문학을 읽으면 성공한다", "부자는 다 고전과 인문학을 읽었다" 같은 주장이 넘쳐났다. 딱히 틀린 말은 아닌 것 같아 귀가 팔랑. 2011년 독서 목록에는 지금은 하나도 기억나지 않는 인문학책 제목이 잔뜩 보였다. 『발해고』, 『새벽에 홀로 깨어』 같은 책을 몇 권 읽다가 어려워서 도중에 관둔 모양이다. 상반기에는 베스트셀러를 우후죽순 쏟아내던 파울로 코엘료와 알랭 드 보통의 책을 주로 읽었다. 어디에 언급되거나 재밌다는 말을 들으면 솔깃해선 무작정 읽어버렸던 나.

지금은 재개발로 사라진 자취방 근처 헌책방 신고서점이 단골 가게였다. 당시 헌책을 가장 많이 보유한 서점이라고들 했는데, 진짜인지는 모르겠다. 빈티지한 분위기가 물씬 묻어나서 들어가기만 해도 기분이 좋았다. 영화에 나올 듯한 원형 계단을 올라가면 2층까지 책이 꽉 들어찬 데다 조그마한 테라스 비슷한 공간에선 낡은 지붕이 늘어선 동네가 한눈에 내려다보였다. 거기서 파울로 코엘료의 『11분』을 사서 읽고 도서관을 드나드는 주인공을 따라 나도 덩달아 도서관을 들락날락했다. 지금에 와서 그 책들이 정말 좋았느냐? 하면 그런 것도 있고 아닌 것도 있다. 만 스무 살, 취향이 서기 전 자신을 알아가는 과정이었다.

독서 목록에서 눈에 띄는 건 황석영 소설가 책을 되는대로 모두 찾아

본 것이다. 열아홉 살에 그의 소설 『개밥바라기별』을 읽고 20대로 넘어가는 길목에서 삶의 모토를 바꿀 정도로 좋아했다. 역시 팔랑. 그때 받은 감동을 다른 책에서도 느끼고 싶어 황석영 작가 책을 전부 찾아봤는데, 역시나 맨 처음 읽은 『개밥바라기별』이 제일 마음에 들었다. 스무 살에 다시 읽은 후 다짐했다. 준처럼 살 거야! 하고. 나는 준을 닮고 싶었다.

고등학생인 준은 친구들 눈에는 껄렁껄렁 장난 잘 치는 우스운 아이처럼 보이지만 남다른 어른스러운 면모를 갖고 있다. 책과 글을 좋아해서 문예부 활동도 하지 않으면서 문예 대회에서 상을 탄 친구들을 놀라게 한다. 준은 문예부 활동 대신 산악부에 들고 거기서 친구들을 만난다. 황석영 작가 자신의 유년 시절을 다룬 자전적 성장소설로 시대 배경은 4·19혁명 언저리. 준을 좋아했던 이유는 누구보다 다양한 책을 탐독하지만, 책만 읽은 게 아니라 자기가 직접 피부로 세상을 느끼려 한다는 점이었다. 거리에서 총소리가 나면 주저 없이 뛰쳐나갔고, 몸을 쾌활하게 움직여 등산에 심취했다. 여기저기에 휘둘리기보단 자신만의 시선을 가진 아이였다. 시 좀 쓴다는 친구에게 어느 날 준은 말한다.

"별은 보지 않구 별이라구 글씨만 쓰구."

41쪽, 『개밥바라기별』 문학동네

준은 자기 눈으로 별을 보는 아이였다. 그런 준을 좋아했기에 나는 현실에서 책'만' 읽는 애들을 보면 속으로 조금 업신여기곤 했다. '거리를 나가서 진짜 사람들을 봐야지. 별을 읽지만 말고 직접 눈으로 봐야지' 하고 다짐했다. 자기가 직접 본 세상과 책. 이 둘을 모두 사랑할 줄 아는 사람만을 친구로 삼고 싶었다. 그런 사람을 골라 선배로 삼고 배우려고 했다.

격동하는 시대 총소리에 뛰쳐나갔던 날, 준은 친구의 죽음을 눈앞에서 목격한다. 그런 일련의 경험 때문이었을까, 준은 도중에 학교를 관두며 스스로를 '궤도에서 이탈한 소행성'이라 말한다. 준은 내가 읽은 책을 기준으로, 네 페이지에 달하는 '자퇴 이유서'를 써서 담임에게 제출했다. 나는 이 자퇴 이유서 대목에 나만 알아보는 표시를 해놓고 읽고 또 읽곤 했다. 아름다운 글이었다. 준은 아파서 학교에 가지 못했던 날, 자기가 본 세상에 감탄한 경험을 써 내려간다.

"국민학교 꼬마들에서부터 우리 또래에 이르기까지 아이들은 거의 남김없이 자취를 감춘 처음 보는 시간과 거리의 풍경에 또한 번 놀랍니다. 아줌마들 노인들 행상들 그리고 시장 상인들만이 어슬렁거리며 오후의 분주할 때를 준비하고 있지요. (……) 자기 시간을 스스로 운행할 수가 있었지요. 가령, 책을 읽었어요. 그 내용과 나의 느낌이 아무런 방해도 받지 않고 순수하게 정리가 되어서 저녁녘에 책장을 닫을 때쯤에는 갖가지 신선한 생각들이 떠올랐습니다. (……) 빈 풀밭에 나가 거닐었지요. 강아지풀, 부들, 갈대, 나리꽃, 제비꽃, 자운영, 얼레지 같은 풀꽃들이며 (……)"

87~88쪽, 같은 책

학교를 다니면 할 수 없을 아름다운 일에 대해 조곤조곤 정리한 후 준은 스스로 자신을 창조해갈 것임을 약속한다. 그 후 준이는 친구들과 한동안 산에 머물며 평화와 황혼, 자연을 마음껏 바라보기도 하고 세상구경이라면서 철도 배낭여행도 다닌다. 무전여행을 하며 오징어잡이 배를 타기도 한다. 그러다 알게 된 아저씨를 따라 공사판에 다니던 어느 날, 평화로운 강변 풍경을 보다가 동행이 말을 건다.

"저기…… 개밥바라기 보이지?"

비어 있는 서쪽 하늘에 지고 있는 초승달 옆에 밝은 별 하나가
떠 있었다. 그가 덧붙였다.

"잘 나갈 때는 샛별. 저렇게 우리처럼 쏠리고 몰릴 때면 개밥바
라기."

나는 어쩐지 쓸쓸하고 예쁜 이름이라고 생각했다.

270쪽, 같은 책

해 질 녘 하늘을 올려다보면 누구라도 샛별을 쉽게 찾을 수 있다. 나
는 아직도 습관처럼 하늘을 볼 때마다 샛별을 찾는다. 태양과 달 다음으
로 지구에서 가장 밝게 빛나는 별. 샛별이라는 이름의 금성. 또 다른 이름
은 개밥바라기, '개의 밥그릇'이라는 뜻이다.

나도 보고 싶었다. 이 세상에 살아가는 그 개밥바라기라는 이름의 별
들을. 준처럼 움직이며 만나고 싶었다. 준처럼 살겠다, 고 다짐한 건 단지
팔랑귀여서였을까. 아니, 내 안에 이미 준이 살고 있다고 느꼈다. 말뿐이
아니라 진짜로 발을 옮겨 세상 밖으로 나간 사례를 드디어 확인한 기분이
었다. 언제나 꿈꾸던 일, 학교 밖 세상 보기. 소설 속 인물일지라도 먼저 그

길을 간 사례는 씨앗을 품은 사람에겐 용기가 되어주고 선배가 되어주고 근거가 되어준다.

　정말 준처럼 살았느냐 하면, 모든 것을 내려놓고 세상을 탐험하진 못했다. 하지만 내가 낼 수 있는 시간과 갈 수 있는 공간에서 최대한 세상을 탐험했다. 때로는 친구들과 무작정 떠난 바닷가에서 진탕 술을 먹고 인생에 대해 논했고, 때로는 공강 시간에 아무에게도 말하지 않고 혼자 자취하던 동네 뒷산에 올랐다. 천장산, 거기서 처음 보는 꽃이나 풀을 눈에 담앉고 생경한 풍경을 마음껏 느꼈다. 시장에 가거나 시위 현장에 가는 것도 좋아했다.

친구들과 옷을 사러 자주 들르던 동대문 거리에서 한 블록만 꺾어 들어가면 폐지 줍는 노인이나 썩어 들어가는 집이 가득한 시장 풍경이 나왔다. 몇 정거장 더 가면 으리으리한 백화점이, 또 몇 정거장 더 가면 쪽방촌이 눈에 들어왔다. 언론에서 시끌벅적한 FTA 시위에 나가기도 했고, 대학교 청소 노동자들이 벌이는 쟁의 행위에 함께하기도 했다.

삶과 투쟁이 들끓는 세계를 보고 나면 그날 밤은 밤새 뒤숭숭하게 뒤얽힌 내면을 정리하느라 두근두근했다. 학교에서는 본 적 없는 다른 세상의 첫인상. 뉴스에 이 사람들의 진짜 이야기가 다 담기지 못함을 느꼈다. 나는 학교에서 듣는 지식보다 직접 겪고 만지고 느낀 세상을 더욱더 믿어 보고자 했다. 단 한 번뿐인 인생, 취업 준비 따위 재미없는 일은 하지 않겠다, 주어진 자유를 세상을 알아가는 데 한껏 쓰겠다고 마음먹었다. 마음 가는 대로 살아보고자 했다.

그에 대한 부작용으로 학교 공부는 하는 둥 마는 둥 해서 (나중에는 좀 후회했지만) 점점 학점 관리를 열심히 하지 않는 학생이 되었다. 학점이 좀 낮아도 인생 전체로 보면 큰 지장이 없으리라고 생각했다. 어떤 사람이 될까? 어떤 인생을 살까? 그런 무거운 고민을 잔뜩 했다. 세상 밖으로 나가라, 자유로운 삶을 살아라, 책에 나온 그 말을 산뜻하게 실천으로 옮긴 스무 살이었다. 이런 면에서 실행력이 참 가벼웠다.

왜 선택했는지 기억나지 않지만 대학교 새내기 때 '동양의 지혜'라는 교양 수업을 들은 적이 있다. 첫 과제가 자신에 대해 탐구해보라는 것이었다. 나름 뜨거웠던 고민이 반영되었는지 어쨌는지 리포트를 제출한 바로 다음 주 "반지수 학생은 철학에 소질이 있다"는 교수의 전언을 들었다. 다니던 학교는 2학년부터 이중전공이나 부전공을 필수로 선택해야 했는데, 바로 철학과에 부전공을 신청해버린 나. (돌이켜보면 황석영 소설가가 철학과를 나왔다는 것도 이 선택에 약간 영향이 있던 것 같다.) 역시나 팔랑귀. 철학은 재미있었다. 애초 삶이나 세상에 관심이 많았다. 그래서 정치학을 배우고 싶어 했고, 그보다 더 깊게 파고드는 학문이 철학이라 생각했다.

철학을 배우면서 제일 인상 깊던 수업은 '형이상학.' 12주간 『쉽게 풀어 쓴 하이데거의 생애와 사상 그리고 그 영향』이라는 책을 주교재 삼아 공부했다. 책에서 배운 내용 중 가장 흥미로운 부분은 '인간이란 무엇인가'라는 실존적 물음에 대한 하이데거의 답변이었다. 쉽게 말하자면 사물은 태어날 때부터 역할이 정해져 있다. 의자는 앉는 용도, 칼은 자르는 용도. 이를 비본래적 자아라고 한다. 반면 인간은 사물과 다르다. 인간은 태어날 때부터 역할이 정해져 있지 않다. 이를 본래적 자아라고 한다. 때문에 사회에서 인생 경로를 지정하는 것은 사물에게나 해야 할 짓이며, 인간은 사회 규율을 따르기보다 제 길을 가야 하는 존재라는 설명이다.

과제 때문에 도서관에서 교재 내용을 정리하던 중 이건 이론으로 설명된 『개밥바라기별』이라 생각했다. 너 자신의 생을 살아라, 자유롭게, 라는 메시지를 가진 책은 많지만 이렇게 또 철학 수업에서 만나다니. 스무 살의 나는 그 글이 기쁘고 반가웠다. 한 번 들어온 메시지는 매스컴이나 주변 사람에게 휘둘리다 보면 지워지고 잊히게 마련이라, 여러 책에서 그 변주를 목격할 때마다 좋은 메시지는 수없이 들어 익숙하더라도 결국 언제나 가슴을 울린다는 걸 느낀다. 페이지를 넘길 때마다 솔깃솔깃.

> "인간은 과거로부터 자기의 정체성을 찾아오고 미래에서 자기의 가능성을 찾아낸다. 이 정체성과 가능성이 바로 인간의 인간다움을 형성한다. 인간은 (……) 현재의 나를 끊임없이 만들어가는 존재이다."
>
> 165쪽, 『쉽게 풀어 쓴 하이데거의 생애와 사상 그리고 그 영향』, 누멘

인간의 주체성을 긍정하는 말이 가득한 이 교재에 여기저기 빨간 펜으로 하트를 그려놓았다. 그 정도로 인상적이고 마음에 들었다. 책 속 내용을 스펀지처럼 흡수했다. 그리고 결심했다. '본래적 자아로 살 거야!' 삶은 세상이 시키는 대로 사회가 가라는 대로 가는 것이 아니다! 내 발로 내가 개척하는 것이다!

당시에는 정치학과를 졸업하면 행정고시나 사법고시를 봐서 변호사나 장관, TV나 신문에 나오는 어깨에 뽕이 잔뜩 들어간 사람이 될 줄로만 알았다. 고등학생 시절을 떠올려봤다. 반기문이 UN 사무총장이 되자 모두가 그를 찬사했지. 아, 저런 일을 해야 인정받는구나. 엄마 아빠가 공부하라고 혼낸 적은 없지만, 은연중에 바라셨지. '네가 잘돼야 한다.' 하버드대나 예일대에 들어간 갓 스무 살 넘은 아이들이 공부 비법을 책으로 내면 베스트셀러가 되는 세상이었다. 성공을 해야 행복한 인생이다, TV와 입시만으로 10대를 보낸 나를 팔랑거리게 했던 주장이었다.

그러다 홀로 서울에 올라와 책을 읽고 세상을 겪으며 그 욕망과 바람이 정말 내가 원하는 것인지, 강한 의문이 들었다. 2011년 내 내면은 팔랑팔랑 솔깃솔깃 벗겨지고 파괴되고 있었다. 그해 독서 기록 후반부인 10월 이후에는 『유령 세상을 향해 주먹을 뻗다』(청소 노동자들의 투쟁기를 다룬 르포), 『한미 FTA 이미 실패한 미래』, 『신자유주의의 역사와 진실』, 『1984』, 『전태일 평전』, 『해방전후사의 인식』 같은 책을 잔뜩 읽었다. 욕망이 있던 자리에는 맨 밑바닥부터 세상을 알아봐야겠다는 생각이 채워졌다. 사회에 문제의식을 가진 학회 활동도 함께할 때였다.

아쉽게도 팔랑거리는 만큼 진득함이 부족했는지 아니면 소질이 없었는지, 철학과는 이내 관두고 법학과로 전공을 바꿨다. 하지만 형이상학 수업을 듣던 매주 수요일은 아직도 잊을 수 없다. 강의가 어찌나 재미있었는지 내 눈빛은 수업 내내 초롱초롱했다. 졸업 이후 전공 서적은 대부분 처분했는데, 『쉽게 풀어 쓴 하이데거의 생애와 사상 그리고 그 영향』만큼은 서재 아늑한 자리에 고이 모셔두고 종종 꺼내 본다. 완독은 안 했어도 그때 그 문장을 읽으면 2011년 내가 가진 고정관념과 그릇이 파괴되고 붕괴되던 시간이 생생히 떠올라서다.

독 서 의
기 본 기

요즘 아쉽게도 어려운 책에 손이 잘 가지 않는다. 정치나 역사, 환경 문제나 페미니즘을 다루면서도 입문을 넘어선 무거운 책들 말이다. 사회 여기저기서 이해할 수 없는 일이 가득해질 때면, 내가 바라보는 현상에 아무런 의견도 가질 수 없을 때면 이런 책을 찾는다. 진득하게 파고들고 싶어 시도는 몇 번이고 해보지만, 몇 장 읽다가 그만두고 만다. 술술 읽는 독서가 아니라 '공부'를 하고 싶은데 혼자서는 영 어렵다. 이럴 때는 함께 공부할 공동체가 있으면 좋겠다고 생각한다.

대학생 때 그랬다. 살면서 가장 독서를 깊게 많이 했다. 정치외교학과에 처음 들어갔을 때, 학점을 잘 따서 좋은 데 취업해야겠다는 생각보다 세상을 일단 제대로 알고 싶은 마음이 컸다. 고등학교 3학년 때 전국적으로 한미 FTA 반대 시위가 있었고 대학교 입학 전엔 용산 참사가 있었다. 내가 모르는 세상, 이 세상의 구조와 비밀을 알고 싶었다.

대학생이 되어 학과생만 모집하는 작은 동아리인 소모임 중에서 유일하게 학회인 곳에 들어갔다. 학회 이름은 폴리토피아politics for utopia, 유토피아를 위한 정치학. 지금은 이런 표현이 좀 유치하다는 생각도 들지만 정치학을 공부할 마음을 먹은 사람이라면 누구나 더 나은 세계를 꿈꾸기 마련이라 이해는 간다. 'politics in distopia'라는 이름이면 어땠을까.『멋진 신세계』같은 책을 읽고 정치학을 얘기하면 더 복잡하고 재미있는 주장이 잔뜩 나올 것 같은데. 아무튼 유토피아를 위한 정치학을 공부하는 학회에선 가장 기초적인 인문 교양과 현실에서 벌어지는 사회문제에 대해 함께 공부했다.

난 그 공부 방식이 참 좋았다. 1학기는 인식, 교육, 언론, 노동, 여성이라는 주제로 2학년 선배들이 각각 주제에 맞는 네다섯 권의 책을 골라 중요한 챕터만 모아 커리큘럼을 만든다. 개념, 쟁점, 현황을 골고루 다룬 자료가 매주 책 한 권 분량이 나왔다. 선배들은 왜 이 챕터를 골랐는지 교육 목표와 함께 서너 개 정도의 질문지를 뽑는다. 질문지는 주로 '핵심을 요약하라, ~의 개념을 다시 정리하라, 자신은 어떻게 생각하는지 밝히라'였다. 그럼 1학년 후배들이 해당 자료를 읽고 질문지에 대한 답을 작성한다. 이 과정에서 벌써 책을 두 번 읽게 된다. 경우에 따라 요약을 하다 보면 서너 번 읽기도 한다. 모두 답을 작성하면 정해진 요일에 모여 두 시간 동안 책 내용을 복기하고 각자의 생각을 나눈다. 토론보다는 학습에 가깝다. 가끔 불꽃 튀는 논쟁이 일기도 하지만 적정선에서 선배들이 정리하고 뒤풀이 자리에 가서 각자가 그 고민을 계속 이어간다. 함께 모여 이야기하면 이미 읽고 정리하느라 몇 번씩이나 읽은 내용을 되새기고 서로 의견을 나누게 되어 머리에 더 깊이 각인된다. 생소하고 어려운 내용이라도 이렇게 학습을 하면 쟁점을 쉽게 파악할 수 있다.

선배들이 만든 커리큘럼이 무척 재미있어 갓 대학에 들어온 만 열여덟의 나는 매 세미나마다 충격을 받고 책 내용을 맘껏 흡수했다. 인식 세미나에선 『코끼리는 생각하지 마』, 교육 세미나에선 『페다고지』 같은 클래식(?)을 읽었고 언론 세미나에선 『신문읽기의 혁명』, 놈 촘스키 교수의 글을 읽었던 기억이 난다. 『신문 읽기의 혁명』은 남녀노소 누구에게나 모두 추천할 만한 책이다. 이 책을 읽으면 한국 사회의 언론이 진실을 은폐

하고 입장을 강화하는 방식과 시스템을 파악할 수 있다. 1997년에 나온 책인데 아직 절판되지 않았고 개정판까지 나온 걸 보면 꾸준히 인정받는 모양이었다.

커리큘럼은 클래식한 기본 교양서와 현안을 다루는 책이 적절히 섞여 있었다. 전체적으로 사회문제를 꼬집고 비판하는 내용이지만, 사회를 선과 악으로 나누거나 좌파 우파로 나누기 전에 일단 개념을 먼저 알고 그를 바탕으로 세상을 바라봐야 한다는 태도를 견지했다. 하나의 주제를 짜임새 있게 다루어 여러 권의 책을 몇 번이나 반복해 읽으니 머릿속에 사회와 역사 전반에 대해 거칠게나마 어떤 교양 지도가 생기는 것 같았다. 이때 배운 내용이 그 후에도 내가 어딜 가서 뭘 하든 기본기가 되어주었다.

이런 방식으로 여름방학에는 한국 현대사를, 2학기에는 민주주의를, 겨울방학에는 정치경제학을 배웠다. 함께 읽는 책 목록은 이미 10년 전부터 선배들이 갈고닦아온 데이터베이스를 기반으로 만들어져 모든 세미나가 탄탄했다. 공부였지만 흥미로웠다. 고등학생 때까지만 해도 신문만 종종 봤지 인문, 정치, 사회 서적을 읽어본 적이 없었다. 그렇다 보니 혼자서 좋은 책을 고를 능력이 전무했다. 혼자 공부했다면 일찍이 지치거나 학습 구조를 제대로 세우지 못했을 게다. 선배들이 골라온 책은 짜임새가 탄탄하고 내용이 다 새로워 빠져들지 않을 수 없었다. 매주 세미나 시간을 기다렸다.

2학년에 오르자 세미나를 주도하는 입장으로 바뀌어 기존 자료를 활용하되 새로운 커리큘럼을 짜야 해서 매주 모여 회의를 했다. 도서관에서 해당 주제와 관련된 책은 모조리 찾아봤다. 여러 책에 파묻혀 어떤 파트를 1학년과 읽으면 좋을지 논의했다. 이러니 공부가 되지 않을 수 없었다. 대학교 전공 시간에 배운 것보다 더 기억에 남았다. 교육 내용의 질을 떠나 스스로의 궁금증으로 자료를 찾고 즐겁게 주도적으로 공부했기 때문이다.

당시 내 주변에는 학구열 넘치는 선후배와 동기가 많았다. 새내기 때는 동기 중 누군가가 진중권이 누군지 모른다고 해서 어떤 선배가 한숨을 쉬며 안타까운 마음으로 혼낸 적이 있다. 선배는 정치학도가 진중권을 모른다는 건 게으른 거라는 얘기에서 시작해 왜 공부를 해야 하는지에 대해 간절하게 설득했다.

"너희들 이 문제에 대해 대답할 수 있어? 살인에 대해 어떻게 생각해? 당연히 안 된다고? 그럼 무기 회사 주식을 산 사람은? 광개토대왕과

김유신 장군은? 아주 벌레 같은 짐승만도 못한 놈을 죽이는 건? 이런 건 살인이 아닐까? 이 문제에 대해 스스로 생각해서 대답할 수 있어?"

아무도 대답하지 못했다.

"민주노동당이 세운 의료보험 공약의 장점과 허점은 뭐라고 생각해? 진중권은 어느 입장을 가진 쪽이야? 그 반대쪽에 유명한 인사는 누가 있지? 우리나라 정부의 1년 예산이 얼마인지 알고 있는 사람?"

역시 아무도 대답하지 못했다.

"우리는 앞면과 뒷면이 아닌 옆면으로 동전을 세우는 방법을 탐색하기 위해 공부를 해. 뭔가를 말하기 전에 자신이 어디까지 무지한지 깨닫고 말을 해. 여유 부릴 틈이 없어. 끊임없이 공부해야 해."

내가 아직까지도 좋아하는 어떤 학회 선배와의 대화였다. (인상적이라 대화 전체를 다이어리에 적어놓았다.) 이런 말을 하는 사람이 주변에 많았다. 심지어 겨울방학에 했던 정치경제학 세미나에는 이미 10년 전에 대학을 졸업하고 직장 생활을 하던 선배가 와서 강의를 해주기도 했다. 정말 평범한 직장인이었다. 어떤 목적이 있어서가 아니라 정말 같이 공부하려고 온 것이었다. (내 기억에 당시 정치에 관심 있는 선배나 친구 중에 특정 정당을 열렬히 지지하는 사람은 거의 없었다. 그런 얘기를 많이 나누지도 않았다. 오

히려 지구상의 모든 정당을 비판했다. 우리가 관심 있는 건 이쪽이냐 저쪽이냐가 아니라 그 너머에 있는 것이었다.) 그런 사람들 사이에서 대학 생활을 했다. 대학생 때 내 일기장을 보면 공부가 너무 즐거워서 세상의 많은 것을 알고 싶다는 말이 한가득이다.

이런 적도 있다. 한 학번 위 선배가 무작정 우리를 불러다가 크레인에서 고공 농성을 하면서 용역 경찰과 싸우는 사람들의 충격적인 영상을 보여주었다.

"저 사람들 왜 저러는지 아니?"

우리가 몰라요, 하면 선배는 말했다.

"이게 다 신자유주의 때문이야……" 하며 담배를 후 불었다. 그러고는 물었다.

"너 신자유주의가 뭔지 아니?"

우리는 당연히 그게 뭔지 몰랐다. 술 마시며 정치 사회적 문제를 얘기할 때마다 이 선배는 항상 우리에게 물어봤다. "너 신자유주의가 뭔지 아니?" 그러고는 뭔지 알려주지 않았다. 선배의 이 말은 1학년 1학기 우리 모두에게 밈이 될 정도로 자주 반복됐다. 이 질문만 여섯 달 가까이 받던 우리는 '그래서 도대체 신자유주의가 뭔데!!' 상태에 달했고 여름방학 그

선배는 "신자유주의를 공부하는 새 학회를 만들겠다"고 공언했다. 선배와 어울리며 사회에 관심이 많고 학구열 넘치던 1학년들이 대거 가입했다. 엄청난 영업 능력이었다.

과연 그곳에선 폴리토피아와 다른 책을 읽었다. 이번에는 경제와 노동문제였다. 학회 이름은 무시무시하게도 '갈증'이었다. 한국 경제의 역사와 신자유주의의 역사를 공부했다. 이 말인즉슨 2차 세계대전 이후 미국, 아시아, 유럽의 자본주의 역사를 공부했다는 말이다. 이전에는 정의심이 공부의 원동력이었다면 이 학회에 들어가면서 세상 모든 문제의 끝에 경제가 있음을 알게 됐다. 때론 정의로운 마음보다 물질이 우선이 되어 이 세상이 만들어져왔음도.

서로 다른 주제를 다루는 학회를 두 개 참여했던 대학교 1~2학년 때 다른 어떤 시기보다도 진한 독서를 잔뜩 했다. 이렇게 공부하니 세상에 대해 눈이 뜨이지 않을 수가 없었다. 이게 좋아 나는 무려 대학교 5학년까지 다양한 공부 모임을 지속했다. 신자유주의 학회와 인권 동아리를 전전하며 새로운 교육 자료를 계속 발굴하고 꾸려나갔다. 공부를 하면 할수록 새로 배우고 싶은 게 계속 늘어났다.

3학년부터는 학생운동을 시작했다. 사실 학생운동을 한다는 것에 처음엔 거부감이 있었다. 그런데 그때 어울렸던 다른 학교 선배들이 내가 만난 모든 사람 중 가장 똑똑하고 어려운 책을 많이 보는 사람들이었다. 그래서 그들을 닮고 싶다는 생각에서 시작했다. 어떻게 저런 것도 다 알까? 하며 함께 활동했는데 아니나 다를까 공부해야 하는 양이 어마어마했다. 선배들은 공부하지 않는 다른 운동 세력을 자주 비판하기도 했다. 섣불리 무언가를 주장하기 전에 자아 성찰하고 제대로 알고 말하자고 했다. 자본론은 물론 이론이나 역사, 철학, 현재 정세에 대해서도 빠지지 않고 공부했다. 나중에는 내용이 어렵기도 하고 그림을 그리기 시작하면서 전혀 귀에 들어오지 않았지만 귀동냥만으로도 가슴은 뜨거워지고 머리는 차가워졌다. 예술에 관심 있는 사람도 많아서 문학이나 시, 영화도 거의 운동하는 선배들로부터 추천받아 내 취향의 세계를 넓혀갔다.

그때 했던 독서는 그릇을 깨고 거대한 물줄기를 만드는 독서였다. 특히 자본주의를 비판해보는 공부는 역시 어릴 때 해두길 잘했다. 우리는 누구나 자본주의 체제 속에 살며 이 시스템이 당연하다고 생각한다. 그런데 자본주의의 역사와 기원을 공부하면 지금의 경제체제가 꼭 당연하지만은 않음을 알게 되고, 지배적인 시스템을 거꾸로 자세히 살펴보면 이제껏 내가 살아왔던 것과는 전혀 다른 상상을 하게 만든다. 지금 자본주의를 거부할 것이냐 하면 그럴 수는 없지만, 내가 사는 이 세계의 '바탕과 기원'을 안다는 것은 결국 '나의 생각에서 어디까지가 세계로부터 온 것이고 전혀 다른 세상은 무엇일지 상상해볼 계기'가 생긴다. 그런 생각을 해보았기 때문에 변호사나 정치인이 되겠다는 꿈을 접고 그림을 그리는 사람이 되겠다고 결정했다. 전문직이 되고 싶다는 꿈이 실은 내 것이 아님을 경제 시스템을 공부하며 깨달았다.

기본 인문 소양을 닦아둔 것도 잘한 일이다. 근본적이고 큼직하고 커다란 책을 어릴 때 봐두길 잘했다. 10대, 20대에는 책 하나하나가 모두 커다란 발견이었다. 돌이켜보건대 나는 본의 아니게 작은 그릇에 무언가를 담는 독서가 아니라 내 그릇을 계속해서 부시고 또 부시는 독서를 해왔던 것 같다. '깊게 파기 위해 넓게 파기 시작했다'는 스피노자의 말처럼 그때 나는 내 그릇을 키우고 내 안에 큼직큼직한 공간을 만들었던 것 같다.

노동이나 여성문제, 인권 침해 사례에 대해서도 계속 읽었기에 그때 만난 책은 책상 위에서만 읽는 글자가 아니라 끊임없이 나로 하여금 현실 세계를 만나게 하는 징검다리였다. 책을 읽으면 읽을수록 바깥세상으로 뛰쳐나갔다. 갑자기 쫓겨난 사람들, 우리 학교 청소 노동자들, 우체국, 학교 급식, 검침원, 건설 노동자 등 세상에 실재하는 다양한 노동자를 만나

생생한 이야기를 듣곤 했다. 이 세상에는 내가 전혀 몰랐던 세계에서 살아가는 사람이 많음을, 그들의 이야기는 찾아 나서지 않으면 듣기 힘듦을, 투쟁하는 사람이 실은 우리 주변에서 흔히 보이는 가장 평범한 사람임을 알았다. 그러니까 좁은 생활 반경에 갇혀서는 진실된 시선을 가질 수 없음을 매시간 충격적으로 받아들였다.

이런 공부가 그립다. 이런 책 읽기가 그립다. 아직도 사회과학이나 정치, 경제, 철학을 다루는 책을 보면 진득하게 저 책 한번 파보고 싶다는 마음이 강하게 들지만 잘 하지 않게 된다. 요즘은 점점 생각이 둔해지고 예전에 공부한 것도 다 잊어가는 것 같다. 기껏 그릇을 키워놓았다고 생각했는데 요즘은 다시 내 그릇이 좁아지고 있음을 느낄 때마다 조바심이 난다. 사회과학 서적을 읽을 때의 그 '분명함'이 그립다. 불확실한 것이 정리되고 새로운 것을 더 알고 싶어지고 그래서 정신적으로 불안도 가라앉는 기분을 다시 느끼고 싶다.

혼자서 공부하는 게 만만치 않다. 여기저기 깊게 공부할 만한 곳을 기웃거려보지만 나도 결국 직업 활동이 우선이 되어서 하지 않게 된다. 한편으로는 새로운 공부도 해보고 싶다. 할 수 있다면 다시 한번 더 대학을 가고 싶기도 하다. 돈을 더 모으고 벌어서 일도 충분히 한 다음 미학과

나 인문계 대학에 들어가서 관심 있는 주제의 수업에 기웃거리고 싶다. 일 때문에 어떻게 될지는 모르겠다. 머리가 그렇게 좋지 않고 게을러서 어딘가에 속해 다 같이 으쌰으쌰 하며 공부하는 게 나한테는 제일 맞는 것 같다. 재독, 삼독, 사독 하며 제대로 요약한 뒤 서로 머리를 맞대고 열심히 토론하는 진득한 공부가 가장 재미있다.

나의
그림 경전

내가 사랑하는 화가는 모두 다른 나라에 살거나 이미 세상을 떠났다. 그들과 만날 유일한 방법이 바로 그들이 남겨둔 글을 읽는 것. 홀로 그림을 꾸준히 배우고 이어온 원동력이다. 그림 그리는 일에 의심이 생길 때면 화가들 글에서 용기를 얻고, 내가 갖지 못한 것을 찾아내 부족한 면을 채운다. 그들의 책은 학교이자 경전이다. 나의 그림 경전 세 권을 소개한다.

그림이 힘들 때마다 꺼내보는

저의 안병통치약
같은 책들을 소개합니다

1. 미야자키 하야오의 출발점

※ 1997년~2008년의
글을 담은 『반환점』
도 있어요.

미야자키 하야오의 수필, 대담 등을 모은 책.
솔직하고 똑똑한 사람임이 느껴진다.
애니메이션을 향한 성숙한 철학이 엿보인다.

애벌레 보로

그의 애니메이션은 3차원 세계를 2차원 그림으로 옮기지만,
어떤 영상보다 입체적이다. 한쪽 입장만을 그리지 않아서다.
사람, 동물, 작은 벌레마저 골똘히 생각하며 제 눈으로 바라본다.
누구도 흉내 낼 수 없는 작품을 만드는 힘이 아닐까.

나도
할수있어!

읽다 보면 미야자키 하야오라는 사람의 담대함과 순수함,
다방면에 걸친 박식함, 창의력과 관찰력에 깜짝 놀란다.
한때 지브리에서 일하고 싶었는데, 가슴에서 뭔가 샘솟는다.
잊었던 꿈이나 감각이 마구 되살아나는 것 같다.
그와 나의 공통점과 차이점을 비교하며 나만의 미래를 그린다.
내게는 선배님, 이정표와 같은 책이다.

2. 다시, 그림이다

너무 디지털 도구만 쓰는 걸까?
철 지난 풍경만 그리는 걸까?
평생 그림으로 먹고살 수 있을까…
끝없는 걱정이 나를 지배할 때면
데이비드 호크니를 꺼내 펼친다.

흠…

미술 평론가 마틴 게이퍼드가
데이비드 호크니와 나눈 대화를
한 권으로 정리한 책.

데이비드 호크니와의 대화
다시, 그림이다

그는 아이패드는 멋진 도구고
풍경화는 낡은 주제가 아니며
이 세상은 그릴 것이 가득하다고
명쾌하게 이야기한다.

어느샌가 고민이 깨끗이 달아난다.
그림에 아무런 제약이 없는 그를 보며
나 또한 자유로워진다.

지금당장
나도
그리고싶어!

고마워요
데이비드 호크니.

의욕이 솟는다.
붓을 꺼내고 싶다.
그림에 흠뻑 빠지고 싶다.
이 책은 나를 위한
러브레터가 아닐까.

3. 세상에서 가장 아름다운 편지

빈센트 반 고흐 편지 선집으로
800쪽에 달하는 책이다.

한 화가의 생각이 타인에 의해 변형되거나
헤지지 않고 있는 그대로 남아 있다니,
화가 지망생에게 축복이나 다름없다.

만약 요약된 고흐의 인생만을 읽었다면
지금처럼 그를 사랑하지 않았을지도.

고흐는 자신이 그림을 얼마나 사랑하는지,
그림이 어떻게 나아지고 있는지,
중요한 소묘를 어떻게 연습하는지,
왜 가난한 사람을 그리고 싶은지…
인간과 세상을 향한 넘치는 애정으로
뜨겁고도 벅찬 편지를 써 내려간다.

모든 편지에 생생히 녹아 있는 그의 생각.

관찰하며, 감탄하며, 성찰하며, 변하려 애쓴다.
나 또한 그렇게 살고 싶다.

닳고 닳도록 읽고 싶은 책.
화가가 쓴 책 가운데
가장 영감을 주기에 소중하다.

나도 내 생각을
남겨야지

　　학회에서 2년 동안 진득하게 공부할 때 함께했던 다섯 명의 여자 동기가 있다. 남자 동기도 있었지만 15년째 끈끈하게 연이 이어지는 친구들은 여자 동기다. 그때 우리는 모두 열정이 넘쳤다. 세상에 물음표가 생길 때면 늘 먼저 공유했고, 저마다 경험과 지혜를 조금씩 나누며 성장했다. 동시대에 학회 활동뿐만 아니라 내내 같은 책을 읽고 같이 술을 마시고 놀며 켜켜이 추억을 쌓은 사이라 각별한 친구가 될 수밖에 없었다. 이들과의 단톡방은 가족을 제외하고 내가 유일하게 참여하는 단톡방이다.

　　다들 책 읽는 걸 좋아했다. 학교에 다닐 때도 학회 활동을 더 이상 하지 않는데도 불구하고 늘 만나서 학교 공부와 다른 어떤 것을 듣거나 읽자고 했다. M과는 철학 연구회 같은 곳에서 하는 현대 철학 강의를 들으러 다니기도 했다. 사실 생각보다 지루해서 가서 꾸벅꾸벅 졸았지만 그래도 둘이서 저녁마다 열심히 다녔다. 스물다섯 살쯤엔 Y와 G와 함께 셋이서 사회단체에서 하는 강연을 들으러 다녔다. Y와는 사회단체에 같이 가입해서 또 이런저런 공부를 하기도 했다.

스물여섯, 애니메이션 회사를 다닐 때는 M과 G와 정기적으로 만나 마르크스를 공부했다. 이 두 명의 친구 중 한 명은 철학대학원을, 한 명은 정치대학원에 다니고 있었다. 마르크스는 공부를 해도 해도 모자라고 뭘보더라도 제대로 알아야 할 것 같은 기분이 들어 같이 해보기로 했는데어떻게 셋이 시간이 맞았다. 카페에 모여 서로 정한 분량을 읽어와 모르는 부분을 물어가며 책을 읽었다. 회사에 다니면서도 주말이면 친구들과 공부를 한다는 게 즐거웠다. 물론 만나서 첫 한 시간은 근황 토크, 연애 얘기를 하느라 시간이 훌떡 지나갔지만.

친구 중 M과 S가 둘이 따로 만나 글쓰기 모임을 했고 M의 제안으로 매달 한 번씩 만나 현대 한국 여성 작가의 소설 읽기 모임을 가졌다. 이 모임은 우리가 모두 떨어져 살았기 때문에 온라인 줌으로 진행되었다. 나는 초반에 참여하다 소설 취향이 맞지 않아 중간에 관두었지만 친구들은 꽤 오래 했다.

요즘은 '작심삼일'이란 그룹을 만들어 각자 매일 정한 일을 하기로 약속했다. 나는 일본어 공부를, 친구들은 책 읽기나 글쓰기를 한 뒤 사진이나 영상으로 인증한다. 책에 코를 박고 공부하는 친구들을 보면 예뻐서 피식 웃음이 난다. 아직까지 다들 좋은 책을 읽으면 단톡방에 추천하고 소개한다. 최근에는 Y의 추천으로 『위험한 일본책』과 『연결된 위기』를 샀다. 친구는 이미 거의 완독했는데 다 읽으면 꼭 같이 이야기해보고 싶다고 했다. 어린아이 둘을 키우면서 사회에 대한 관심을 놓지 않는 친구의 모습에서 자극을 받아 나도 열심히 읽는 중이다.

친구들과 술을 마시는 날이면 처음엔 각자 살아가는 이야기로 가득하다가도 점점 정치 얘기가 나와 자리가 뜨거워진다. 우리는 늘 뭔가를 더 하려고 애썼다. 자기가 아는 것을 고집하느라 오만해질까 봐 두려워했다. 오만해지지 않으려고 부족한 부분을 채우려고 부단히 노력했다. 지금 자신에게 무엇이 비어 있는지, 뭘 더 알아야 성숙해질지 고민했다. 무작정 나서기보다 한 발짝 떨어져 겸손하게 굴며 책을 찾아다녔다. 나는 이런 친구들이 좋았고, 이런 친구들과 살아왔다.

그림을 그린 지 얼마 되지 않았을 때 '책 읽는 여성들'이라는 시리즈를 그린 적이 있다. 그림 그리기의 스킬이 잘 만들어지지 않았을 때라 그림이 엉성하여 지금은 비공개로 해두었지만 슬슬 이 프로젝트를 다시 하려고 생각 중이다. 내가 책 읽는 여성들을 그려야겠다고 생각한 이유는 미디어에 나오는 젊은 여성 이미지, 일러스트나 그림 속 여성 모습이 뭔가 아쉽기 때문이다.

　　인터넷을 열면 예쁜 엉덩이를 만드는 방법이나 메이크업 영상이 즐비하고 그림 속 여성은 커다란 눈망울과 완벽한 몸매를 훌렁훌렁 자랑한다. 나는 탐미적인 이미지를 아주 좋아해서 이런 이미지들이 싫지만은 않다. 다만 뭔가 다른 이미지도 보고 싶다. 딱 붙는 옷을 입고 완벽한 예쁨을 자랑하는 여성만이 아니라, 현실에서 본 여성의 또 다른 아름다움을 작품으로 만나고 싶다. 그리고 손수 그려보고 싶다.

　　그중에서도 내 친구들 모습을 그림으로 그려보고 싶다. 누구보다 세상에 관심이 많고 한시도 손에서 책을 놓지 않는 친구들, 지혜를 찾으려고 무지와 오만에 갇히지 않으려고 계속해서 애쓰는 친구들이 내가 아는 젊은 여성의 모습이다. 아름답게 치장하는 것을 좋아하는 친구도, 글자보단 현실과 현장을 좋아하는 친구도, 먹고사는 일에 고민인 친구도, 책보단 가족을 사랑하는 친구도 있지만 그녀들은 언제나 책을 손에서 내려놓지 않는다. 내가 생각하는 젊은 여성의 초상을 그린다면 당연히 나는 '책 읽는 여성들'을 그릴 터였다. 자취방에서, 카페에서, 버스에서, 공원에서 책 읽는 여성의 모습을 남겨두고 싶다.

많은 일이 그렇듯 돈을 벌어야 한다는 이유로 이 작업은 계속 미뤄졌다. 하지만 어디에서 무슨 일을 해도 책 읽는 여성 이미지가 머릿속 한쪽 구석에서 절대 사라지지 않는다. 요즘 다시 시작하려고 캔버스와 붓과 물감을 사들이고 있다. 지금은 친구들이 사는 곳이 미국, 제주도, 광주, 인천으로 뿔뿔이 흩어져 예전처럼 만나기가 쉽지 않다. 그녀들이 자연스레 자신의 공간에서 책 읽는 모습을 취재하러 차근차근 곁으로 방문해야겠다.

이 친구들뿐만 아니라 운동하며 만난 사람, 엄마, 일을 하며 만난 편집자, 애니메이션 감독, 디자이너 등 내가 아는 모든 여성이 여기저기서 책을 읽는다. 내가 아는 여성의 자랑스러운 모습 중 하나가 꾸준히 읽는다는 점이다. 이런 아름다운 모습을 한 폭의 그림으로 담고 싶다.

일러스트레이터의
각오

　　마루야마 겐지를 처음 알게 된 건 2014년 중앙일보 문화면 기사를 통해서였다. 그때 나는 일러스트레이터가 되고 싶지만 몸은 정치외교학과 5학년(학점이 모자라 추가 학기를 다녔다)에 묶인 채로, 답답한 상황을 이해하고 싶어 여기저기 문화면을 기웃거리며 예술가의 말이나 지혜의 말을 열심히 모았다. 일단 기사 제목이 내 눈길을 끌었다. '세상은 지옥······ 그래도 버텨야 할 이유'였다. 세상을 지옥이라 생각하는, 그래도 버텨야 할 이유를 찾고 싶던 나는 이 기사를 클릭할 수밖에 없었다.

　　기사는 단순한 서평이 아니라 직접 마루야마 겐지를 만난 일을 다룬 인터뷰였다. 기사 속 마루야마 겐지는 첫인상부터가 강렬했다. "나는 데뷔 후 50여 년간 일본 문단과 전혀 교류하지 않는다. 자기연민 가득한 글만 쓰는 나르시시스트 집단인 일본 작가들을 싫어한다." 오! 난 이렇게 줏대 있는 사람이 좋더라, 죽 읽어나갔다. 스물두 살 데뷔작 「여름의 흐름」으로 최연소 아쿠타가와상을 수상했단다. 남달라 보였다. 뒤이어 사람은 왜 자립해야 하는지, 자신이 어떻게 작가가 되었는지, 우리는 왜 계속 살아 나가야 하는지, 그의 생각이 이어졌다. 말투는 단호하고 분명했다. 당장 그의 책 『인생 따위 엿이나 먹어라』를 샀다. 부제로 '인생이란 멋대로 살아도 좋은 것이다'를 단 에세이였다.

조금 읽고서 글자가 도저히 눈에 들어오지 않는다는 이유로 한동안 내팽개쳐두었다. 3~4년 정도 지나서였나, 계속 눈에 밟혀 다시 읽기 시작했더니 그의 생각이 너무 좋아서 단숨에 읽었다. 요약하자면 부모, 가족, 국가, 직장, 종교에 휘둘리며 살지 말고 자신 있게 스스로의 힘으로 일어나서 살아가라는 내용이었다. 청춘은 멋대로 살아도 좋은 것이기 때문에 과감하게 자신의 할 일을 밀어붙이라며 쉬지 않고 일갈했다.

나 또한 그림을 그리겠다고 마음먹었을 때, 가장 중요했던 키워드는 주체적인 자유와 세상으로부터 자립하는 것이었다. 타인에 휘둘리지 않고 고집을 지키며 삶을 살고 싶었다. 직장에도 들어가지 않고 학교에서도 계속 실수하고 스물네 살이 되어서야 그림을 그리겠다고 하니, 좋게 봐주는 사람은 많지 않았다. 가족에게는 당연히 비밀로 하고 혼자만의 힘으로 알바를 하며 그림을 그려나갔다. 그런 나에게 스스로의 힘으로 일어서라는 그의 말은 그동안 걸어온 길이 틀리지 않았다고, 앞으로 더 강하게 자신을 믿어도 된다고 말해주는 것 같았다.

뒤이어 다른 책을 하나하나 모두 읽었다. 에세이 중에서는 『소설가의 각오』와 『아직 오지 않은 소설가에게』라는 책이 가장 좋았다. 사실 그의 소설은 읽고 나서 적잖이 당황했다. 아름답고 독특한 문체, 광활한 자연과 원초적 인간 모습을 다룬 이야기가 눈앞에 그려지는 듯 인상적이었지만, 여성을 묘사하는 방식에 찝찝함이 남아 친구들에게 추천하지는 못하겠다고 생각했다. 그의 에세이도 우리나라 사람들에게는 호불호가 갈린다. 어조가 양보 없이 신랄해 "꼰대 같다, 힐난하는 것 같아 계속 읽기 지친다"는 평도 있다. 게이나 여자를 업신여기는 듯한 표현이 아주 가끔 나와 인상을 찌푸리게 하기도 한다.

나는 그가 지나치게 신랄해서 좋았다. 한 인간이 처음부터 끝까지 완벽하게 내 맘에 들 수는 없음을 인정하자. 그의 표현 중 요즘 시대와 안 맞다 싶은 부분은 무시해버리자. 그렇게 해도 그의 전체적인 태도와 메시지를 읽는 데 문제는 없다. 그는 일본 문단이나 국가를 비판하기를 서슴지 않고 한심한 인간을 향해 가차 없이 할 말을 한다. 이런 태도가 부럽다.

나도 대학생 때는 의문이 들거나 잘못된 문제에 목소리 내는 것을 부끄러워하지 않았다. 상대방이 내 생각에 대해 비판하기도 했다. 서로 솔직하게 터놓고 토론하는 환경에서 대학 생활을 보냈다. 막상 사회에 나와 보니 자기 생각을 솔직하게 말한다는 건 엄청난 용기가 필요한 일이었다. 대학생 때 이것저것 가감 없이 선후배들과 세상에 대해 이야기할 수 있던 이유는 내가 속했던 곳이 서로의 비판을 발전 삼기로 약속한 민주적인 환경이었기 때문임을 나중에 알았다.

사회에서는 일단 얼굴을 마주 보고 앉는 사이가 되면 그게 누구라도 어물쩍 칭찬을 말하지 않으면 안 된다. 서로에 대한 예의다. 이게 잘못되었다고는 생각하지 않는다. 서로 상처 주지 않기 위한 어른의 룰인 거니까. 오히려 너무 할 말 다 하는 사람을 보면 당황스럽고 이젠 '그만 멈춰!' 하는 생각이 든다. 사람들은 대신 익명의 커뮤니티에서 솔직한 생각을 주고받고 예술가들은 하고 싶은 말이 생기면 결국 제 입을 통해서가 아니라 제 작품을 통해 솔직한 생각을 말할 방법을 궁리한다.

마루야마 겐지는 현실과 타협할 마음이 전혀 없는 듯하다. 그가 일상에서 사람을 만날 때 어떤 태도로 행동하는지는 모르겠지만, 그의 책을 읽으면 일단 자기 생각을 구태여 부끄러운 얼굴로 돌려 말하거나 숨기려는 기색이 하나도 느껴지지 않는다. 그의 모습에서 대리 만족하기도 했고 때로는 본받고 싶기도 했다. 마음껏 다른 사람 눈치 보지 않는 자세에서 이 사람은 그만큼 자기 생각에 자신 있음이 보인다. 말과 행동이 다르지 않아 좋다. 세상에 이렇게 냉철하게 일갈하면서도 비겁하게 앞뒤가 다르지 않고 우뚝 선 사람을 보고 있으면 유약해지는 내 마음에 뭔가 날아와 정신이 번쩍 든다.

마루야마 겐지의 글을 얼마나 좋아하냐면, 작업 책상 위에 그의 책 한두 권은 거의 365일 곁에 있을 정도다. 이렇게 살아도 될까, 고집을 피워도 될까, 나도 남들이 하는 것을 해야 할까? 고민스러울 때 그의 책을 펼치면 그런 생각이 싹 사라진다. 세상에 눈치가 보일 때면 그의 책을 집어 들고 생각한다.

'그래 이 세상 어딘가엔 마루야마 겐지 같은 사람도 살고 있잖아. 그러니까 나도 뚝심 있게 내 방식을 고집해도 되지 않을까?'

나도 덩달아 과감해진다. 그는 자기가 누구인지, 무엇을 하고 싶은지 스스로 정확히 알고 있다. 이런 모습이 나에게 귀감이 된다.

『소설가의 각오』에는 재미있는 부분이 있다. 나는 그가 나이 들고 나서 쓴 책을 먼저 읽었는데 『소설가의 각오』에는 소설을 쓴 지 얼마 안 된 무렵 이야기도 많이 나온다. 스물두 살에 첫 소설을 썼으니 그 나이대 전후로 어떤 생각을 했는지 보인다. 청년 마루야마 겐지는 남들보다 강인하고 단호해 보이지만, 가끔 주눅 들거나 자신에 대해 의아해하기도 한다. 그도 흔들릴 때는 흔들렸구나, 하는 생각이 들어 인간미가 느껴졌다. 하지만 이내 다시 자신이 해야 할 일을 찾아내고 몰두해서 멋있었다.

그는 대학도 나오지 않았고 소설가가 되려고 생각한 적도 없었다고 한다. 『백경』이라는 소설을 읽고 선원이 되고 싶다는 이유로 해양학교에 들어갔지만 일이 잘 풀리지 않아 통신사에 취업했고 회사가 기울어질 때쯤 처음 써본 소설로 소설가가 되었다. 그 후로 소설가로 계속 살아갈 수 있을지 아리송해했다. 그런데 두 번째, 세 번째 소설을 쓰다 보니 계속 소설가로 살게 되었다. 이런 얘기가 이 책에 아주 자세히 나온다. 영화를 좋아하는 이야기, 문체나 문인에 대한 이야기, 시골에 터를 잡게 된 이야기 등등 두꺼운 책이지만 솔직하고 담대한 이야기가 마음을 끌었다. 밥값과 집세를 걱정하면서도 다른 일에는 눈길을 주지 않고 오직 글만 쓰는 모습을 본받고 싶었다. 한 명의 예술가가 되기까지 어떤 한 개인에게 벌어지는 수많은 상황, 판단, 실패 그리고 '각오'에 대한 이야기라니, 언제 읽어도 좋다.

『아직 오지 않은 소설가에게』, 이 책도 귀퉁이를 접은 페이지가 접지 않은 페이지보다 많을 정도로 재미있는 이야기가 많았다. 제목 그대로 마루야마 겐지가 '아직 오지 않은 소설가'에게 하고 싶은 말을 담은 에세이다. 단지 소설을 쓰고 싶은 무명의 신인 전부가 아닌 문단에 새로운 활력을 불어넣을 누군가, 이 세상에 없던 새로운 문학을 선보일 누군가, 명예나 돈을 목표로 하는 것이 아닌 이 세상을 담기 위해 소설을 쓰고 싶은 누군가를 고대하며 그에게 하고 싶은 말을 전한다.

그는 '문학이라는 너른 바다'에서 아직 아무도 항해하지 못한 곳을 발굴할 사람을 기다린다. 엄청난 재능을 갖고 있으면서도 나서지 않는 잠재적인 소설가를 기다린다. 여기서 그가 말하는 재능의 정의가 흥미롭다.

"재능이란 세상에서 널리 회자되듯 평범한 사람에 비해 어떤 특별한 힘을 지니고 있다는 것을 뜻하지 않습니다. 오히려 그 반대입니다. 평범한 사람들은 모두 갖고 있는 능력이 한두 가지 결여된 상태를 말합니다. (……) 바꿔 말하면 불완전한 인간이라는 뜻이 될까요."

26쪽, 『아직 오지 않은 소설가에게』 바다출판사

누구보다 더 잘해서가 아니라 평범한 사람과는 달리 '어느 부분이 망가져 자칫 위험할 수도 있는 인물'이야말로 재능이 있다니. 사람이라면 누구나 어딘가 한두 군데는 꼭 망가진 것이 있게 마련이니 많은 사람에게 귀가 솔깃해지는 대목이다. 사람들은 무언가 결여된 것을 '문제'라고 말하고 고쳐야 할 것, 단점이라고 생각하지만 사실 그것은 세상을 새롭게 바라볼 열쇠가 될 수도 있다.

마루야마 겐지는 이전에 없던 발상과 엉뚱함을 갖고 새로운 이야기를 들려줄 누군가가 어디에 있으리라고 믿으며 기다린다. 그리고 나서주길 간곡하게 바란다. 이미 글을 쓰고 싶어 노력하는 사람이 아닌, 어딘가에서 독특한 발상을 하고 있지만 펜을 들고 있지 않은 누군가를 기다리는 심정이라니. 그가 정말 소설을 사랑한다고 느꼈다. 나 역시 그림을 그리는 사람이지만 동시에 그림을 사랑하는 사람으로서 어딘가에서 새로운 화가, 새로운 그림이 태어나길 늘 바란다.

클래식한 그림이나 트렌드한 그림에도 감동할 만한 포인트는 있지만 모든 예술이 그렇듯 어쩐지 나의 갈증은 채워지지 않는다. 미술관을 방문하고 구글, 유튜브, 핀터레스트에서 'painter'나 'illustration' 같은 그림과 관련한 키워드를 이것저것 넣어가며 감동을 줄 그림을 찾아다닌다.

이전에는 한 번도 없던 그러나 우리가 간과했던 세상의 이면을 포착해낸 아름다운 그림을 늘 기다린다. 내가 할 수 없어도 누군가는 할 수 있는 아직 발견되지 않은 그림의 땅이 분명 있을 것 같아서다. 새로운 소설을 기다리는 마루야마 겐지의 마음을 알 것 같았다.

책의 전반부에선 어서 펜을 들라고 부추기던 마루야마 겐지는 책의 후반부로 갈수록 일단 쓰기 시작하면 어떻게 하면 좋은지 현실적인 조언도 잊지 않는다. 자신이 이미 지나온 어려움을 언급하며 어떤 것을 피하면 좋은지, 어떤 것을 염두에 두면 좋은지 알려준다. 특히 문단에 아첨하는 방법이 아니라 타인에 흔들리지 않는 방법을 이야기한다. 뒤틀린 세상을 보고 뭔가 잘못됐다고 느껴본 적 있는 사람이라면 이 파트를 흥미롭게 읽을 수 있다.

만약 자신의 재능을 파악하고 소설을 쓰기 시작했지만 막상 글을 쓰다가 스스로 의문이 들어 관두고 싶어진다면, 다시 평범하게 일하고 평범하게 결혼하고 '문학 따위는' 하며 콧방귀 끼는 인생으로 돌아가고 싶다면 그건 그것대로 더할 나위 없이 훌륭한 인생이니 관두라고 조언한다. 언제든지 스스로 판단해 빠져나갈 구멍을 만들어두는 부분도 재미있다.

나는 소설을 쓰고 싶다고 생각한 적은 없지만 만화 스토리를 짜거나 각본을 써보고 싶다. 내가 이야기를 쓸 수 있을지 스스로 자신감이 부족했는데 이 책을 읽으니 오히려 결심이 도움닫기를 달리는 기분이 들었다. 나는 가끔 양극단의 생각을 동시에 하거나 감정이 널뛰고 이리 갔다 저리 갔다 하느라 결정을 미뤄두는 경우가 많다. 예전에는 입장이 단호했다면 요즘은 이런저런 입장을 모두 열어놓고 생각하느라 '어느 게 맞지?' 늘 머리가 아프다. 이런 태도가 혹시 잘못된 상태가 아닐까, 이렇게 입장이 없어서야 이야기를 쓸 수 있을까 고민스러웠다.

그런데 마루야마 겐지는 오히려 "타인을 향한 한없는 친절함과 비정함을 동시에 지닌 채 그 양극단을 교류전류처럼 격렬하게 오가는 유형이야말로 너른 바다로 나아가는 소설가가 될 수 있습니다"라고 말한다. 아차 싶었다. 내가 가진 마음이 오히려 이야기를 짓는 사람에겐 장점이 될 수도 있다고 생각한 적 없기 때문이다. 생각해보면 예술가란 끊임없이 세상을 관찰하고 수집해둔 것을 자신만의 표현 방법으로 풀어내는 사람이니 세상의 여러 모습을 다양한 입장에서 폭넓게 이해할수록 오해보단 진실에 가까운 시선을 담을 것 같다. 그의 글을 읽고 나의 단점일까 봐 두려워했던 면모를 장점으로도 생각할 수 있게 되었다. 요즘은 더 많은 입장과 감정을 예민하게 받아들이고 많이 느껴보려고 애쓴다.

일단 소설가가 되고 나면 온갖 유혹에 시달리는데 그럴 때 자신의 페이스를 지키는 것이 중요하다고 강조하는 부분도 나에게 도움이 된다. 프리랜서로 일하다 보면 분명 내가 목표한 것이 아닌데 이런저런 제안에 혼들리기 쉽고 그렇게 지내다 보면 어느 순간 길을 잃은 느낌을 받을 때가 있다. 하지만 돈과 인기를 생각하다 보면 결국 꿈이냐 현실이냐를 두고 그 사이에서 갈팡질팡, 나는 늘 '타협'과 '자립'에 대한 화두가 고민이다. 타협을 영영 하지 않으며 살 수는 없지만 그래도 꿈을 놓고 싶지 않은 나에게 계속 용기를 갖게 한다.

　　넓게 보면 꼭 소설이나 글이 아니더라도 읽는 사람에 따라서는 인생이나 그림 그리기, 예술 전반에도 대입해볼 만한 이야기다. 마루야마 겐지를 좋아하지만 강한 입장 때문에 아직 누군가에게 추천한 적은 한 번도 없다. 그래도 창작을 꿈꾸는 사람, 흔들리지 않고 자신의 길을 가고 싶은 사람, 가슴속 불씨를 불쏘시개로 조금만 쑤시면 활활 타오를 것 같은 사람이 있다면 이 책을 슬쩍 추천하고 싶다.

완 독 하 지
못 한 책

책을 읽다 보면 항상 또 다른 책을 만나게 된다. 누가 이런 말을 했다더라, 세상에 이런 책이 있다는 구절을 읽으면 그 책이 읽고 싶어진다. 충분한 이야기와 맥락 안에서 언급되는 만큼 더욱 궁금해진다. 스마트폰이 나오기 전에는 책 제목을 늘 다이어리 한구석에 '읽어보고 싶은 책'이란 타이틀을 붙이고 따로 메모해뒀다가 도서관에 가는 날 찾아봤다. 요즘은 컴퓨터나 스마트폰으로 인터넷 서점에서 검색한 후 바로 장바구니에 넣어버린다.

『위대한 개츠비』는 『상실의 시대』를 통해, 헨리 데이비드 소로의 『산

책』은 알랭 드 보통의 책 어딘가에 나와서 읽었다. 영화 입문서를 읽다 『시뮬라시옹』을 찾아봤다. 폴 오스터, 아스트리드 린드그렌, 미야베 미유키…… 책을 읽으면 다음 책, 또 다음 책으로 계속 이어진다. 끝이 안 난다. 뭘 읽을지 모르겠을 때 일단 아무거나 한 권 펼치면 읽고 싶은 책이 잔뜩 생긴다.

『차라투스트라는 이렇게 말했다』를 읽어봐야겠다고 마음먹은 건 이현우 작가가 쓴 『너의 운명으로 달아나라』를 읽고 난 뒤였다. 니체의 『차라투스트라는 이렇게 말했다』를 시작으로 카잔차키스, 모옴, 쿤데라의 책을 어떻게 읽어야 할지 알려주는 강의 내용을 엮은 책이었다. 읽다가 니체 철학의 핵심 중 하나인 '너 자신의 운명을 사랑하라'는 말에 꽂혀 다른 책도 궁금해져 『차라투스트라는 이렇게 말했다』는 물론 말기 저작인 『도덕의 계보』까지 샀다. 『도덕의 계보』는 읽으려고 몇 번 시도했지만 이내 관둬버렸고, 『차라투스트라는 이렇게 말했다』는 흥미롭게 읽었다. 마음에 드는 문장이 제법 나와 줄을 긋다 보니 읽은 부분이 시커메질 정도였다. 다만 어째선지 끝까지는 읽지 못했다.

그래도 책장에서 책을 고를 때면 니체 관련 책만 자꾸 바라본다. 이진우 교수가 쓴 『니체의 인생 강의』는 오디오북으로도 자주 듣는데, 책 자

체가 강의 말투인 데다 저자가 직접 낭독해 대학 교양 수업을 듣는 것 같아 좋다. 니체 인생에 대한 개괄적인 이야기가 담겨 니체 철학의 배경을 간략하게나마 알려주는 것도 장점. 내가 애정하는 하이데거가 니체의 영향을 받았다거나 내가 존경하는 마르크스와 프로이트와 니체가 철학계에서 의심 삼대장으로 불린다는 사실 모두 이 오디오북을 듣고 알았다. 이진우 교수는 니체 철학을 당장 우리 삶에 적용할 수 있을 정도로 쉽게 풀어

써서 듣고 있으면 마음이 편해지고 다른 사람들에게도 추천하고 싶다.

이 외에도 제목에 '니체'가 들어가면 일단 재밌겠다는 생각이 들어 징바구니에 곧잘 담는다. 니체를 다룬 책만 보고 니체를 좋아한다고 말하는 건 어딘가 자존심 상하니까 그의 책을 꼭 완독하겠다고 결심했는데 계속 미루고 있다. 생각해보면 프로이트와 하이데거도 마찬가지다. 그들의 책은 매우 자주 꺼내 읽지만 완독은 한 번도 한 적 없다. 대신 프로이트와 하이데거를 다룬 책들은 완독했다.

『잃어버린 시간을 찾아서』도 빚처럼 남아 있다. 내가 가장 좋아하는 영화 「러브레터」에 나온다는 이유로 읽어보다가 프루스트에 관심이 생겨 프루스트에 관한 책을 도중에 먼저 찾아봤다. 프루스트에 관한 책 중에서는 『프루스트가 우리의 삶을 바꾸는 방법들』이라는 책이 재밌다. 제목 그대로 프루스트의 책을 읽고 그의 시선을 우리 삶에 도입하면 어떻게 지금을 긍정하게 되는지, 자신의 감정, 일상에서의 여유, 고통을 어떻게 다룰지를 친절하고 일목요연하게 정리해둔 책이다. 어렵지 않고 이야깃거리가 풍부하여 술술 읽었다. 프루스트에 완전 빠져들었다. 『독서에 관하여』라는 책도 아끼듯 읽었다. 다시 『잃어버린 시간을 찾아서』를 읽기 시작했다. 읽어본 분들은 알겠지만 영 끝까지 읽기가 쉽지 않다. 몇 번이나 실패

했다. 한번은 『한 권으로 읽는 잃어버린 시간을 찾아서』에 도전했지만 또 관두었다.

해설서가 그 자체로 무척 쉽고 재미있으니 꼭 원서를 읽는 데 집착하지 않아도 괜찮지 않을까 하는 생각도 든다. 나보다 더 많은 시간을 들여 철학과 문학을 공부한 분들이 시간을 내서 알차게 풀어주는 책들이니까. 이 자체로도 믿음직스럽고 감사하지 않은가. 비슷한 류로 과학도 마찬가지다. 수학 공식이 가득 찬 과학책 원서는 절대 못 읽는다. 마르크스의 정치경제학도 읽다 보면 꼭 수학식이 나와 늘 거기서 '다음에……' 하고 학습이 중단되기 일쑤다. 누군가 대중적으로 풀어주어야 읽을 수 있다. 잘 모르는 분야는 역시 입문서가 있어야 한다. 그런데 과학은 그렇다 치고 니체와 프루스트는 문학이라 그런가 '언젠가 꼭 다 읽으리라' 하는 생각이 사라지지 않는다. 심지어 조금 손댄 앞부분은 재미있었다. 나중에 정신이 맑을 때 아주 조용한 곳에서 읽어볼까? 아니다, 그럼 더 잠이 올 것 같다. 차라리 강제로 완독을 목표로 하는 독서 모임에 들어갈까.

방금 검색하니 두 책 모두 여기저기서 독서 모임이 열리는 모양이다. 그중 『잃어버린 시간을 찾아서』의 독서 모임을 모집하는 문구가 인상적이다. '책이 책이니만큼 가벼운 마음으로 도전하시는 분은 안 돼요. 꼭 완독하겠다는 의지가 있으신 분만 신청해주세요. (일단 한번 신청해보자, 안 돼요!)' 하긴 분량이 어마어마한 데다 내용이 시원시원하기보단 의식을 현미경으로 들여다보는 듯해 웬만한 각오가 서지 않으면 참여하기 힘들 테다. 다음에 마감이 없을 때 이런 독서 모임을 발견하면 참여해보려고 했는데 저 문구를 보니 괜히 겁이 난다. 언제 완독할 수 있으려나.

독 서
기 록

2009년부터 매년 읽은 책을 다이어리에 기록하고 있다. 번호를 매겨 제목, 저자명, 출판사명, 완독 날짜를 기록한다. 완독하지 못하면 완독 날짜를 빼고 쓴다.

초등학교 때 숙제로 독서 기입장을 적어야 했을 때, 빈칸을 채우고 싶어서 책을 읽곤 했다. 뭔가 내 것이 사라지지 않고 저장된다는 느낌이 좋아 대학교 1학년부터 독서 기록을 다시 시작했다. 중간중간 귀찮아서 빠뜨리고 안 쓴 적도 있고 다이어리를 잃어버리기도 했지만 15년 치 기록이 거의 다 남아 있다. 요즘은 '왓챠피디아'라는 앱에도 기록한다. 앱은 내가 본 영화, 책, 드라마 감상평을 별점과 함께 등록할 수 있어 좋다.

얼마 전 한 이북 서비스가 종료되면서 어떤 사람이 기존에 사둔 책이 다 날아갔다는 기사를 봤다. 돈을 주고 샀으니 자기 소유라고 생각했을 텐데, 하루아침에 증발해버린 것이다. 그러고 보니 구글에서 일했던 누군가가 디지털에 무언가를 보관하는 것이 결코 안전하지 않다고 경고하는 기사를 읽었던 것 같다.

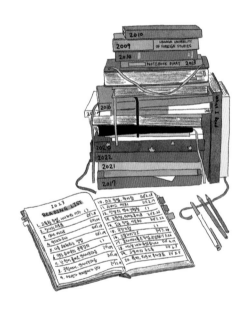

나도 비슷한 경험이 있다. 대학생 때 학회에서 봤던 책 제목이 궁금해 다시 찾아볼 때였다. 당시 싸이월드 클럽에서 매주 세미나 관련 정보와 일정을 공유했기에 거기에 모든 자료가 남아 있으리라 생각했다. 그런데 웬걸 싸이월드 클럽이라는 서비스 자체가 아예 사라져버렸다. 이제는 복구할 방법도 없다. 누가 백업을 해둔 것 같지도 않아서 그때 우리가 어떤 공부를 했고 어떤 대화를 나눴는지 완전히 없어졌다. 오프라인 자료는 전혀 남아 있지 않았다. 디지털 자료가 안전하다고 믿어 인쇄물을 이사하면서 모두 버렸기 때문이다. 한 회사가 사라지면 거기에 저장한 나의 추억과 자료가 전부 사라지는구나. 내 모든 자료를 모아둔 클라우드나 창작 활동의 모든 발자취가 담긴 인스타그램에 무슨 문제가 생긴다면, 상상만 해도 끔찍하다.

15년 동안 쓴 다이어리를 펼쳐봤는데 여기에도 학회에서 공부한 책을 잘 정리해두지 않았다. 어떤 다이어리는 빗물이 스며들었는지 내가 기록한 독서 목록이 절반쯤 물에 젖어 지워져 있었다. 하기야 오프라인 기록도 늘 안전한 것만은 아닐 테지. 그래도 하루아침에 증발해버리는 디지털보다는 낫다. 디지털 기록이 사라지면 어떡하지, 조바심이 나서 그동안 다이어리에 쓴 기록을 다른 새로운 노트에 젖지 않는 볼펜으로 다시 정리해둘까 싶었다.

왜 이렇게 기록에 강박을 느낄까. 나도 모르겠다. 중학생 때 사진 찍기를 좋아해서 매일매일 사진을 찍었더랬다. 그러다 기숙사에 들어가 신경 쓰지 않는 사이 본가 컴퓨터에 있던 그 사진 파일이 전부 지워졌다는 사실을 알고 충격을 받았다. 그때부터일까? 뭐든지 제때제때 백업하는 습관이 몸에 뱄다.

어릴 때부터 뭔가를 보면 그냥 자연스레 남기고 싶다는 충동이 들었다. 용돈 기입장도, 일기장도 좋아했다. 기억력이 좋지 않아 예전에 있던 일을 많이 잊어버린다. 그런데 예전에 남긴 기록을 보면 다시 기억이 되살아난다. 이런 일이 있었지! 하고 감탄하다 보면 시간 가는 줄 모르고 과거 탐험에 빠져든다. 특히 독서 목록을 쭉 보다 보면 어디에서 영향을 받고 어떻게 변해왔는지 드러나서 나의 작은 역사서를 읽는 느낌이다. 되돌아볼 때의 기억이 좋고 내가 좋아하는 것이 언제 사라질까 싶어 사진과 글을 잔뜩 남겨둔다. 그에 비해 관리는 소홀하다. 아무튼 디지털 기록마저 안전하지 않음을 알았으니 오프라인 기록에 더 심혈을 기울여야지.

그 외에도 매일 그날 무슨 책을 읽었는지 기록한다. 지난해 처음 시도해본건데 은근 재밌다. 어떤 책은 이틀 만에 읽기도 하고 어떤 책은 여섯 달에 걸쳐 띄엄띄엄 읽기도 하고 그런 흐름이 보인다. 읽다가 내팽개쳐둔 책들도 이 기록을 보고 다시 읽기 시작한다. 오랜 시간이 지나 기록을 다시 보며 어떨까. 스스로에게 공감하며 즐거워할 내 모습이 눈에 선하다. 책을 산 날, 읽기 시작한 날, 완독한 날은 책의 가장 맨 앞장에 기분에 따라 적는다.

2부

내가 그린 책

취향과 일은 다르니까

표지 일러스트를 그리지만 정작 표지 '그림' 때문에 책을 산 적은 없다. '내가 이 책 표지를 그린다면?' 같은 생각도 잘 하지 않는다. 오히려 표지든 디자인이든 있는 그대로 받아들이는 쪽에 가깝다. 물론 판형이나 디자인이 마음에 들면 괜스레 눈이 더 간다. 예쁘고 그림이 맘에 들어서라기보단 그동안 쌓아온 경험상 특정 디자인을 접하면 내 취향일 듯한 에너지가 느껴져서다. 그러면 손을 뻗어 나와 잘 맞는 내용인지, 한 번 더 유심히 살펴본다.

나의 취향은 이렇다. 디자인이 화려하지 않고 폰트가 독특하지 않은 표지. 제목이 너무 선명하고 크면 일단 좋아하는 분야가 아니다. 그림도 큼직하고 눈에 띄면 오히려 시선이 돌아간다. 그림이나 사진이 들어간다년 제목과 이미지가 구분되도록 액자 형식으로 넣는 게 예쁘다. 또 전면에 그림이 들어간다면 여백이 많거나 제목이 작으면 보기 좋다. (물론 그림책과 만화책은 예외다!) 그림이 뭔가를 또렷이 이야기하면 사실 손이 가지 않는다. 굳이 표현하자면 진지한 그림이나 간결한 그림을 좋아한달까. 내가 할 수 없는 영역의 그림이라 더욱 눈이 간다. 책등도 조용한 존재감을 내뿜는 쪽이 좋다. 흰색에 바탕체 글씨면 충분하다. 왜인지는 모르겠지만 책장을 둘러볼 때 너무 화려한 책등에는 손이 잘 가지 않는다. 디자인 역시 유행을 타지 않고 심심해야 보기 좋다.

내가 그리는 표지는 다소 화려하고 구체적이며 색이 넘치고 여백이 거의 없는 편이라, 추구하는 표지와 취향이 다르다고 느낄 때가 많다. 작업한 책을 볼 때마다 어쨌든 내 그림이 책의 얼굴이 되었으니 뿌듯하면서도 막상 자신이 사지 않는 분위기가 나는 책을 앞장서서 그리다니 의아하기도 하다. 표지를 그려달라는 제안이 올 때마다 '내 그림은 이런 책과 어울리는구나' 하고 매번 새롭게 깨닫는다. 인문, 예술, 에세이나 정치사회 분야를 즐겨 읽고 소설도 순수문학이 취향인데, 의뢰를 받는 책은 드라마, 테마소설, 성장소설, 일본 문학이 대다수다.

표지는 혼자만의 산물이 아니니 이것저것 고려해 그림을 그린다. 먼저 출판사에서 의뢰하는 내용에 맞춘다. 전적으로 내 해석에 맡기는 출판사도 있긴 한데, 열 건 중 한 건이 될까 말까다. 대체로 출판사에서 원하는 방향이 있다. 그림이 책 내용에 어울리는 것이 가장 중요하고, 그다음 읽을 독자 취향을 고려한다. 내 취향은 별개의 문제다. 내 취향을 담아도 컨펌 과정에서 퇴짜 맞기도 한다. '이게 통과 안 된다고?' 하면서 의아한 마음으로 편집자의 의견을 따르는데, 막상 출판된 결과물을 보면 과연 편집자의 의견이 맞았구나 싶을 때가 많다. 나보다 책에 대한 상황을 넓게 바라보는 사람이니 내가 보지 못하는 부분까지 고려하는 것일 테다.

이런 식으로 표지를 그릴 때는 직업인의 자세로 접근한다. 더해 최대한 다른 책과 느낌이 겹치지 않도록, 비슷한 종류 책이더라도 뭔가 다른 구석이 하나는 있도록, 내가 그린 표지가 누구보다 돋보이도록 색채나 분위기를 이리저리 궁리해가며 그린다. 그게 내 역할이다. 내 딴에는 나름 할 수 있는 선에서 가장 아름다운 결과가 나오도록 온갖 수를 써서 노력한다.

아무래도 장르별로 그에 걸맞은 이미지가 있기에 거칠게 얘기하면 표지 취향이란 곧 장르 취향일지도 모르겠다. 내가 조용한 느낌을 주는 디자인을 좋아하는 것도 결국 예술, 인문 교양을 좋아하기 때문일 거다. 정치, 철학도 웬만하면 책이 풍기는 분위기가 차분한 편이다. 자본주의를 비판하는 책은 때론 강렬한 인상을 주는데, 뭐 디자인적으로 취향은 아니지만 어차피 내용이나 저자를 보고 고르는 분야기에 별로 개의치 않는다. 오히려 자본주의를 비판하면서 파스텔 톤이거나 침착하면 어울리지 않을지도 모르겠다. 지나치게 귀여운 디자인이나 평화로운 힐링 분위기에는 손이 잘 가지 않는데, 그런 책을 별로 좋아하지 않아서 그런 것 같다. 그림책이나 만화책 장르는 예외다. 귀엽고 평화로울수록 좋다. 내가 작업하는 책은 누구나 접근하기 쉬운 대중적인 소설이거나 온화한 공간에서 주로 펼쳐지는 이야기가 많다. 그래서 장르 특성상 포근하면서도 호감형 색채감으로 사람들 눈을 사로잡으려 애쓴다.

최근 본 책 중 디자인이 정말 예쁘다고 생각한 책은 민음사에서 펴낸 『에세』다. 포털에 검색하면 담배가 먼저 나오고 인터넷 서점에 검색하면 다른 사람 에세이가 나오니, 저자 이름 '미셸 몽테뉴'를 함께 검색해야 한다. 다른 사람들 에세이가 나올 수밖에 없는 이유는 이 책이 에세이 장르의 기원이 되는 책이라서다. 그러니까 제목이 '소설', '만화' 같은 느낌인

거다. 에세이의 기원이 된다고 해서 관심이 갔는데, 표지가 너무 예뻐서 깜짝 놀랐다. 제목을 이렇게 심플하고 과감하게 지은 용기가 드러나듯 디자인에서도 어떤 자신감이 드러난다. 무언가를 자꾸 덧붙여 눈에 띄기보다는 이 책이 가진 고전적인 의미에 충실하겠다는 의도가 보인다. 총 세 권이라 권수별로 색상이 조금씩 다르고 펜으로 곡선과 직선을 반복해 그린 심플한 드로잉이 정말 아름답다. 16세기에 나온 책이고 한 장르의 이름이 된 책인 만큼 클래식함이 도드라지면서도 세련돼 보인다.

마루야마 겐지의 에세이 표지도 좋아한다. 마루야마 겐지의 소설 표지는 내 취향까진 아니지만 소설 분위기를 굉장히 잘 담아 적절하다고 느낄 때가 많다. 그의 에세이 표지는 대부분 흰 바탕에 명조체 글씨, 그림은 매우 심플하고 절제된 일러스트로 펜으로 슥슥 그린 드로잉이나 흑백 무늬가 들어가 있다. 거의 바다출판사에서 나왔는데 궁금해서 책날개에 적힌 디자이너 이름을 확인해보니 내가 가진 일곱 권 중 세 권은 한 명이, 다른 네 권은 모두 다른 사람이 디자인했다. 그런데도 톤 앤 매너가 유지된다는 것은 아마 그의 에세이가 죄다 시크하고 냉철한 분위기여서일까. '취미'나 '강아지'가 나오는 책에는 나름 따뜻한 일러스트를 넣었음에도 표지는 시크함을 유지한다. 심지어 다른 출판사에서 나온 『소설가의 각오』도 디자인은 비슷한 분위기다. 하기야 그의 책을 읽어보면 이런 디자인이 딱 어울린다. 그의 신랄함, 강인함을 곧이곧대로 이미지로 형상화한다면 오히려 유치해질 테니. 색상이나 요소를 드러내기보단 서늘하게 빼는 것이 잘 어울린다. 흰 종이에 붓으로 단숨에 휘갈겨 쓴 듯한, 갈팡질팡하지 않는 단호한 디자인이 그의 글에 딱이다.

책에 그림이 들어간다면 박완서 작가의 『그 많던 싱아는 누가 다 먹었을까』처럼 너무 구체적이지 않은 그림이 예쁘다고 생각한다. 국내에서 표지를 그리는 일러스트 작가 중에는 이규태, 외국에선 기우치 다쓰로가 가장 좋다. 둘의 그림은 일단 그림 자체가 예뻐서 책을 더 좋아 보이게 하고 갖고 싶게 한다. 이규태 작가는 색연필로, 기우치 다쓰로 작가는 디지털을 이용하는데 내 그림과는 반대로 구체성보다는 색채감과 디자인 감각이 강조되어 회화로써도 정말 아름답다. 책을 설명하려 하지 않고 책 분위기를 이미지화해서 담은 것 같다.

대체로 마음산책에서 나온 책은 예외 없이 모두 다 맘에 든다. 표지에 사진이나 그림이 들어갈 땐 책과 가장 어울리는 이미지가 쏙 들어가 있고 무엇보다 자연스럽게 아름답다. 책등에는 제목 말고 아무것도 없는 것도 자신 있어 보여 좋다. 디자인이 예쁜 책을 말하라면, 사실 끝도 없다.

타카노 후미코의 만화『노란 책』은 표지 종이 질감이 벨벳처럼 부드러워서 감탄했고, 돛과닻에서 나온『제로의 책』은 내용을 온전히 담은 형태의 디자인이라 좋았다.

내가 그린 표지 중에 가장 맘에 드는 책을 꼽자면『패밀리 트리』,『불편한 편의점』,『어서 오세요, 휴남동 서점입니다』,『바람이 강하게 불고 있다』,『세상의 마지막 기차역』,『오늘도 고바야시 서점에 갑니다』,『여기는 커스터드, 특별한 도시락을 팝니다』를 들겠다. 손수 그린 그림이라 다 소중하지만 보고 있으면 소설 속 내용과 어울리게 잘 나왔다는 느낌이 드는 책들이다.

작업을 위해 품을 많이 들였다.『불편한 편의점』은 한국 특유의 골목길을 살리기 위해 실제 내가 살고 있는 마포구 주변을 충분히 답사한 후 그렸다. 모델은 성산동에 있는 한 골목길이었다.『어서 오세요, 휴남동 서점입니다』는 망원동 골목을 참고했다.『바람이 강하게 불고 있다』와『여기는 커스터드, 특별한 도시락을 팝니다』,『패밀리 트리』,『세상의 마지막 기차역』은 내가 직접 일본에 갈 수 없으니 소설 속에 나오는 동네 이름을 구글에 검색해 로드뷰로 해당 배경을 충분히 익힌 후에 스케치에 들어갔다. 특히『세상의 마지막 기차역』은 흔한 기차역을 그리고 싶지 않아 일

오늘도 고바야시 서점에 갑니다
가라키미 데쓰야 지음
송지현 옮김

小林書店

힐링류 장편소설

어서 오세요, 휴남동 서점입니다

불편한 편의점
김호연 장편소설

always

바람이 강하게 불고 있다
미우라 시온

자살 가게

패밀리트리

세상의 마지막 기차역
무라세 다케시

본에서 잘 알려져 있지 않되 예쁜 기차역을 찾느라 굉장히 애를 먹었다. 작업했던 표지 중 가장 오랜 시간이 걸렸다.

표지와는 별개로 개인적으로 재미있던 책은 『오늘도 고바야시 서점에 갑니다』, 『달팽이 식당』, 『N분의 1을 위하여』. 청소년의 노동문제를 담은 엔솔로지 『N분의 1을 위하여』는 주변에 정말 많이 추천했다.

요즘은 표지 작업이 들어오면 거의 거절하고 있다. 2022년 『불편한 편의점』이 대성공을 거둔 이후 비슷한 류의 표지를 그려달라는 제안을 많이 받았다. 이런 제안이 지나치다고 느껴질 때쯤 그만해야겠다는 생각이 들었다. 이제는 표지가 아니라 내 책을 만들고 싶다는 마음이 더 커졌다. 실제로 다른 프로젝트에 더 신경 써야 해서 에너지 안배를 해야 하는 단계이기도 했다. 새로운 그림을 그리고 싶다. 이런 과도기적 상태에서 지금까지 해온 것을 반복하기만 하면 안 될 것 같았다. 앞으로는 지금까지 해온 것과 조금 다른 느낌이 나는 그림을 그리고 싶고 이왕이면 다양한 표지를 시도하고 싶다. 내 취향이 반영된 표지 작업도 해보고 싶다. 속으로 '출판업계 관계자님들, 저 다른 것도 잘할 수 있거든요! 앞으로 저를 길게 지켜봐주세요.' 이런 생각을 한다.

표지 그리는 일을 하고 나서는 단순히 모니터링만을 목적으로 서점에 가는 일이 잦아졌다. 어떤 내용에 어떤 그림을 입혔는지, 어떤 그림이 들어간 표지가 눈에 띄는지 한참 구경하고 돌아온다. 2022년 『불편한 편의점』이 잘된 이후 비슷한 분위기의 소설이 우후죽순 인기를 얻었고, 나도 그에 힘입어 비슷한 류의 표지 그림을 작업했다. 출판계에 하나의 유행 같았다. 하나가 잘되면 따라가는 현상이야 막을 수 없는 노릇이다. 그 덕분에 쉬지 않고 일할 수 있었지만, 독자로서는 내심 책에 들어갈 그림과 디자인은 무한하기에 더욱 다채로웠으면 좋겠다. 서점에 가면 놀라고 싶다. 눈길을 끄는 새로운 책이 잔뜩 나왔으면 한다. 갖고 싶고 궁금한 책이 더 많이 나오길 바란다. 내 취향이 아니라도 아름다운 그림과 새로운 작가 그림으로 무장한 책을 발견하는 날이면 새로운 수확이라도 한 것처럼 행복하다. 이 세상에 그림을 잘 그리는 사람은 워낙 많으니, 그들이 그린 예쁜 그림이 표지로 만들어져 여기저기서 개성을 뿜어내길 빌어본다.

작 은   미 술 관 ,
화 집

　내가 살던 예천에는 대형 서점이 없었다. 대학에 입학하기 전에는 가
본 적도 드물다. 서울에 와서 교보문고나 영풍문고를 가보고 서점이 이렇
게 클 수 있구나 했다. 인문 교양이나 문학 위주로 어슬렁거리다가 그림
을 다시 그리기 시작했을 때쯤 아트 관련 서적이 있는 코너를 처음 가봤
다. 그중 교보문고 광화문점 화집이 있는 아트 서가를 둘러보며 받은 충
격이란!

　국내 책뿐만 아니라 해외 여기저기서 모은 화집, 영화, 건축, 디자인,
일러스트레이션 등등 갖가지 장르의 화집이 잔뜩 쌓여 있었다. 오빠가 서

울에서 구해 온 게임 아트북을 보긴 했지만, 커다란 판형과 고화질 인쇄로 제작된 예술 서적이 세상에 이렇게 많은 줄 몰랐다. 책은 한 손에 들면 손목이 아플 정도로 컸다. 이 책 저 책을 보다 미처 몰랐던 화가도 잔뜩 알게 됐다. 시간 가는 줄 모르고 구경했다. 어떤 천재 영화감독은 어릴 때부터 화집과 만화책이 집에 즐비해 매일 봤다는데, 나는 스물셋이 넘어서야 화집의 세상을 알게 되다니 억울했다. 만약 서울에 살았다면 더 많이 볼 수 있었을까? 더 일찍 봤다면 영감을 가득 얻을 수 있었을까? 그런 생각을 하니 아쉬웠다. 적어도 서울에 왔을 때부터라도 화집을 찾아볼걸. 지나간 시간이 사무치게 아까웠다. 그 후로는 부단히 몸을 움직여 내가 20년 동안 만나지 못했던 세계를 뒤늦게 되찾는 심정으로 화집과의 만남 밀도를 올렸다.

그랬다 해도 원하는 만큼 사지는 못했다. 20대에는 결국 고르고 골라 한두 달에 한 권 살까 말까였다. 화집은 다른 책보다 몇 배나 비쌌다. 돈이 모자라 살 수 없는 책은 노트에 제목을 적어두었다가 시립도서관에 있는지 확인하곤 했다. 안타깝게도 도서관에는 화집이 많지 않았다. 외국 서적은 더더욱 찾기 힘들었다. 내가 다닌 대학교는 교내에 관련 전공도 없어 미술 관련 서가가 좁았다. 하는 수 없이 교보문고 광화문점에 가서 사지도 못할 책을 하염없이 구경하다 왔다. 그때 다짐했다. 나처럼 그림을 사랑하지만 돈이 없어 맘껏 볼 수 없는 학생들을 위해 나중에 꼭 전 세계의 모든 아트북을 모은 도서관을 짓겠다고. 이 꿈은 아직도 변함없다.

교보문고 아트 서가는 책 판매율이 썩 높아 보이진 않았다. 통계 자료 없이도 알 수 있다. 시간이 지나면 더 이상 재고를 쌓아둘 수 없는 모양인지 30% 할인 행사를 자주 했다. 나는 할인 가격표가 붙은 책만 샀다. 다행히 좋아하는 화가 중 한 명인 호쿠사이의 판화 모음집이 할인 중이라 당장 구매했다. 지금도 자주 꺼내 보는데, 인터넷에 검색해도 안 나오는 그림이 실린 데다 언제든지 내가 원할 때 펼칠 수 있으니 정말 잘 샀다. 얼마 전 방문했을 땐, 서가가 완전히 사라져서 허탈했다. 내가 좋아하던 화가의 큼직한 책이 도대체 어디로 숨었는지 찾기가 힘들었다. 사업을 접은 걸까. 하여튼 판매가 부진했었나 보다.

화집을 사면 집에 작은 미술관을 세울 수 있다. 언제든지 꺼내 그들의 세계로 빠져들면 그만이다. 책으로 그림을 보는 것은 실제 그림을 보는 것의 반의반에 반도 못 미치지만 그래도 모니터나 스마트폰으로 보는 것보다는 낫다. 구글에서 아무리 발버둥쳐도 일목요연하게 한 작가의 그림을 모은 컬렉션은 좀처럼 찾기 힘들다. 작가 이름을 입력해 나오는 그림은 다 거기서 거기다. 아무리 검색하고 뒤져봐도 나오지 않는 그림이 책에는 온전하게 보전되어 있다. 컴퓨터 전원을 누르지 않아도 책장에 손을 뻗어 책을 꺼내기만 하면 언제든 그림을 볼 수 있다. 복제품일지언정 좋아하는 화가의 그림을 책 형태로 소장할 수 있다.

좋은 그림을 찾기 위해선 부지런히 발을 움직여 화집을 모아둔 서점 방문을 게을리해선 안 된다. 연남동에 살 때는 '썸북스'라는 곳에서 화집을 사거나 구경하곤 했다. 인스타그램으로 팔로해두었다가 로렌조 마토티의 그림책이 입고되었다는 포스팅을 보자마자 1초도 망설이지 않고 바로 달려가서 샀다. 로렌조 마토티의 화집이라니. 국내에 나온 책이 아니어서 소량만 입고되었다는 소식이었고 나는 놓칠세라 얼른 달려가서 한 권을 집어 왔다. 로렌조 마토티의 화집은 열 권 있다면 열 권 모두 사도 돈이 아깝지 않다.

요즘은 헨리 다거의 화집을 즐겨 펼친다. 이 책 역시 한국어판은 나오지 않았다. 헨리 다거는 예전에 교보문고에서 우연히 알게 된 화가다. 그때 사지 못했는데 매우 인상적인 화가라 언젠가는 사야지 하며 미루고 있다가 아트 서가도 사라지고 헨리 다거 이름을 검색해도 도통 책이 보이지 않았다. 어떡하지 하며 그의 화집을 갖고 싶은데 국내에 없어 안타깝다는 얘기를 남편에게 했더니 해외에서 판매 중인 헨리 다거 화집을 발견해 선물해주었다. 그래, 외국 사이트에서 찾아보면 됐지. 왜 그 생각을 못 했을까.

화집에는 헨리 다거의 그림은 물론 개인 이야기도 상세히 기록되어 있다. 그는 생전 병원 청소부로 일했고 죽고 나서야 방에서 방대한 원고가 발견돼 이름을 알렸다. 15,145쪽에 달하는 글과 수백 점이 넘는 삽화가 실린 『비현실 왕국에서In the Realms of Unreal』라는 판타지 동화였다. 원제목은 '비현실 왕국의 비비안 걸스 이야기, 어린이 노예의 반란으로 인한 글랜디코-안젤리안 전쟁 폭풍 속The Story of the Vivian Girls, in What is known as the Realms of the Unreal, of the Glandeco-Angelinnian War Storm, Caused by the Child Slave Rebellion'으로 매우 길다. 헨리 다거는 평생 홀로 살며 몰래 작업했고, 한 번도 세상에 나오지 않은 자신만의 책을 손수 제본해 금색으로 제목을 적었다. "이 세상 모든 금광의 금으로도, 은으로도 이 그림을 나에게서 살 수 없다. 이들을 훔치거나 훼손하는 이들에게 잔혹한 복수가 있을 것이다"라는 메모까지 남겼다.

나는 늘 그림을 그리면 마음에 들든 들지 않든 남들에게 보여줘야 한다고 생각했다. 그래야 내 그림이 알려지고, 알려져야 그림으로 먹고살 수 있어서다. 나뿐만 아니라 화가 대부분이 자신의 그림을 세상에 발표하는 것을 전제로 그림을 그린다. 그림을 발표해 인정을 받고 명예를 쌓는 것을 '목적'으로 그림을 그리는 사람, 보여줄 수 없다면 그리려는 마음을 갖지 않는 사람도 있을 것이다. 나 역시 언제부턴가 인스타그램에 올릴 만한 그림이 아니라면 애초에 그릴 생각조차 하지 않는다.

　반면 헨리 다거는 평생을 아무에게도 보여주지 않았음에도 자신의 창작 세계에 빠져들어 그림을 끊임없이 그렸다. 그게 가능하기나 한 일일까? 어떻게 그럴 수 있을까? 그림을 사랑한다고 온 천하에 떠들고 다니는 주제에 실은 꾸준히 그리지 않는 내 모습이, 남들에게 그림을 보여주기가 두려워 아무것도 그리지 못하는 내 모습이 부끄러워졌다. 마감 없이, 누군가의 부탁이나 청탁 없이, 돈을 벌려는 생각 없이 자신만의 세계를 이토록 방대하게 오래도록 만들어가는 사람이 과연 이 세상에 몇이나 될까? '창작'이라는 단어에 혹시 다른 모습이나 의미가 있는 게 아닐까, 다시금 생각해보지 않을 수 없다.

　이런 일화가 기묘하지만 그의 그림은 더욱 특이하다. 『비현실 왕국에서』는 평화로운 왕국의 아이들이 자기들을 노예로 만들려고 하는 어른들의 침공을 받아 싸우고 투쟁하는 이야기다. 그가 상상한 왕국 속에서 수많은 아이가 뛰어놀고 싸운다. 그 아이들 위로 형형색색 꽃과 푸르른 들판이 끝없이 펼쳐진다. 때로는 괴물과 먹구름, 시체가 나뒹굴기도 한다. 기괴한 한편 너무나 아름답다. 이런 그림은 이전에도 이후에도 본 적이 없다.

헨리 다거는 미술 정규 교육을 받지 않아 인체를 자유롭게 그리지 못했던 모양이다. 아이들 동작이나 표정을 그릴 때는 기존 광고 사진이나 일러스트, 만화를 베끼는 방식을 택한다. 그래서 그림 속 아이가 사람이 아니라 인형처럼 보이기도 하고 콜라주처럼 보이기도 한다. 그의 그림을 독특하게 만드는 요인이다. 세련됨이나 능숙함은 없지만 신선하다. 인물 데생은 그렇다 치고 그림 구도와 색감이 조화로우며 과감하고 색달라서 힙하다고 느껴진다. 나비나 용 같은 환상적인 상상의 동물은 꿈속 이미지를 자아낸다.

두텁지 않은 채색도 마음에 든다. 수채화로 단 한 겹, 하나의 테두리 안에 하나의 색을 칠하거나 한 그림 안에 서너 가지 색밖에 쓰지 않는다. 그럼에도 충분하다는 느낌이 가득하다. 아이들이 주인공이면서도 간혹 기괴하고 잔인한 장면이 나오는데, 오히려 그런 것이 더욱 자연스럽고 강렬하게 끌린다. 실제로 어린아이에게 이야기를 지으라고 하면 머리를 자르고 신체를 두 동강 내고 귀신이 물어뜯는 등 순진하고 착한 내용이 아니라는 얘기를 들은 적이 있다. 마치 그런 동화를 보는 것 같다. 그가 묘사한 유토피아, 천국, 환상 세계는 색감이 기가 막히고 아름답다. 이런 색을 쓸 수 있구나, 잔혹한 그림에서 보이는 색감은 의도 또는 무의식적인 결과물이구나, 깨닫는다. 나라면 절대 그리지 않을 그림이기에 매력을 느낀다.

그림을 그리는 사람이 트레이싱을 했다고 하면 엄청난 비판을 받는데, 만약 헨리 다거의 스타일로 트레이싱을 했다면 도둑질이 아니라 하나의 창조적인 기법으로 인정받을 것 같다. 베껴 그리며 자신만의 시선으로 재구성, 재활용했기에 개성 넘치는 작품으로 재탄생했을 터. 베껴 그렸지만 누구의 그림보다도 독창적이며 자유분방하고 특이하다. 정말 흥미롭지 않은가. 그의 이런 독특한 분위기는 다른 많은 화가에게도 영향을 끼쳤다.

책을 사기 전에는 헨리 다거의 그림을 조각조각 보았고, 그의 일생을 대략적으로만 알았다. 영어로 쓰이긴 했지만 여러 이야기가 실려 있어 그를 더 자세히 알게 됐다. 특히 인터넷에 없는 그림을 볼 수 있어 정말 좋았다. 한 장 한 장 넘기며 얼마나 감탄했는지 모른다. 그의 그림은 가로로 긴 그림이 많은데, 이 책도 가로로 긴 판형에다 중간중간 끼운 접지를 펼치면 훼손되지 않은 온전한 비율로 볼 수 있다.

한 화가의 예술 세계를 이토록 자세히 보여주는 책이라니. 많은 화집이 화가의 세상을 보여주기 위해 묵직한 종이 더미로 어딘가에 존재한다. 책에는 '구성'이 있다. 작가의 생애와 생각이 순서대로 편집되어 한 인간의 세계를 만나게 해준다. 화집 감상은 내겐 선배, 이 업계의 길을 먼저 간 사람의 노트를 훔쳐보는 일이다. 하여 수업 노트이자 영감의 원천이다. 이미 죽은 사람도 있고, 한국에서 전시회 한 번 연 적 없는 사람도 있다. 어쩌면 죽을 때까지 존재하는 줄도 모르고 지나쳤을 화가를 책 한 권으로 만난다. 어떻게 이 종이 더미를 사랑하지 않을 수가 있겠는가.

아직도 내가 발견하지 못한, 만나지 못한 화집이 전 세계에 수만 종이 존재한다고 생각하면 모험 정신이 불끈불끈 솟는다. 비인기 분야이고 제작비가 꽤 들어가는 책임에도 여기저기서 꾸준히 나오는 건 나 같은 독자가 있어서겠지. 화집을 만드는 분들, 늘 기다리고 있어요. 제가 살 테니 어서 마케팅을 해주세요! 돈을 벌고 나서 제일 좋은 것 중 하나가 화집을 살 때 예전보다 덜 망설인다는 점이다. 다만 화집은 일반 서점에서 흔하게 볼 수 없다. 요즘은 더더욱 구매가 힘들어졌기에 바지런히 찾아다녀야 한다.

이 외에도 좋아하는 화집은 곤도 요시후미와 히구치 유코. 둘 다 국내에 발간되지 않았기에 곤도 요시후미의 책은 일본 경매 사이트에서, 히구치 유코는 일본에서 잡화점을 구경하다가 우연히 샀다. 슬쩍 몇 쇄를 찍었나 봤더니 제법 많이 팔렸다. 작품 모음집인데도 수십 쇄를 찍다니, 히구치 유코가 가진 파워에 자극받았다. 데이비드 호크니도 빼놓을 수 없다. 워낙 사랑을 받는 작가라 어딜 가나 화집을 쉽게 구할 수 있어 나도 잔뜩 갖고 있다. 요사이 사려고 벼르는 책은 『모비딕』 일러스트를 그린 록웰 켄트의 그림 모음집이다. 국내에 출간되지 않아 해외에서 판매하는 책들을 장바구니에 넣어놨는데, 다 사면 수십만 원이 넘어 뭐부터 살지 고민 중이다.

몇 년 전부터 나는 엽서나 달력, 포스터 같은 굿즈를 만들지 않는다. 사람들이 내 그림을 '책'으로 소장하길 바라기 때문이다(작년에는 개인 전시회가 있어 만들었지만). 화집은 앨범이나 마찬가지다. 엽서나 포스터보다 싸기도 하다. 소장용으로 한 권, 엽서나 장식용으로 한 권, 이렇게 두 권 사서 마음에 드는 그림을 칼로 예쁘게 오려낸 후 액자에 넣거나 벽에 붙여도 좋다. 책 한 권에 그림 수십 장을 얻는 셈이니 꽤 합리적이지 않은가? 엽서나 포스터가 훨씬 고급스럽고 종이 재질이 단단해 한 장에 천 원

넘는 가격으로 구매하고 소장하는 것이겠지만, 책이라면 가격 대비 더 많은 그림을 소장할 수 있다.

한 권의 책으로 엮일 만큼 나는 작품을 꾸준히 그려나갈 생각이다. 그림책이 아닌 작품 모음집을 앞으로 계속 내고 싶다. 내가 다른 작가의 화집을 아끼는 것처럼 사람들이 내 화집을 소중히 여겨주면 얼마나 기쁠까. 내 이름 박힌 화집이 내 책장에도 그들의 책장에도 잔뜩 꽂힐 날을 상상하며 오늘도 그림을 그릴 동력을 얻는다.

사실 화집은 인기가 높은 편이 아니다. 대중적인 수요는 그다지 많지 않다. 내가 화집을 만들겠다고 선언했을 때 이런 소리를 들었다. "그걸 누가 사?" 그렇지만 나처럼 이렇게 열렬하게 새로운 화집을 기다리는 사람을 전 세계에서 모으면 수만 명은 족히 되지 않을까. 내가 여기저기 손을 뻗어 화집을 구하듯, 내 화집이 언젠가 그들에게 가닿기를 소망한다. 사람들이 화집을 더 사랑하면 좋겠다. 그래야 좋은 화집이 계속 나오고 나도 좋은 화집을 계속 살 수 있을 테니.

화집에 관심이 생긴 분은 '타셴' 사이트를 추천한다. 아트북을 만드는 출판사로 굉장히 유명하다. 화가, 디자이너, 영화 등 온갖 예술과 관련된 큼직하고 아름다운 책을 전문으로 쉬지 않고 뚝심 있게 펴내는 곳이다. 대학생 때 타셴 카페에 들어갔다가 나를 압도하는 금액과 너무 많은 책에 주눅 들은 기억이 있다. 지금 내 소원 중 하나는 여기서 나오는 책을 되는대로 많이 모으는 것. 아트북 도서관을 만들고 싶으니. 타셴 코리아 사이트에 들어가면 일목요연하게 정리된 책을 살펴보거나 구매할 수 있다. 아트 서적에 관심 많은 분이라면 꼭 들어가 보시길!

책 은
사 서   본 다 !

　책은 사서 본다. 20대 중반까지만 하더라도 원하는 책을 다 사서 보지 못했다. 꼭 갖고 싶은 것만 사고 헌책방이나 도서관을 주로 이용했다. 그런데 출판사에서 편집자로 일하는 친구와 대화한 후 생각이 싹 바뀌었다. 친구가 출판사에 들어가기 전에는 출판사가 무슨 일을 하는지, 편집자라는 직업이 무슨 일을 하는지 잘 몰랐다. 친구는 출판과 편집에 대해 많은 속사정을 알려줬는데, 처음으로 출판사가 얼마나 돈을 벌기 어려운 구조인지 알게 됐다. 친구는 이런 구조라면 좋은 책을 만들기가 점점 힘들어질 거라고 했다. 그녀가 말한 수치와 정황은 꽤 충격적이라, 나로 하여금 어떤 사명감을 갖게 했다. 이후 나는 꾸준히 책을 구매했다. 좋은 책을 자꾸 사야 좋은 책이 계속 나올 수 있다는 믿음으로.

마침 회사에 다니던 참이라 아르바이트를 할 때보단 형편이 좋았다. 월급이 들어오면 매달 세 권씩, 많이 살 때는 10만 원어치 샀다. 특히 좋아하는 작가가 쓴 책을 사는 데 결코 주저하지 않았다. 영화감독이 쓴 책이나 사회운동 선배들이 쓴 책은 예외 없이 구매했다. 망설이지 않았던 이유는 내가 좋아하는 작가의 다음 작품을 보고 싶어서였다. 책 한 권을 구매하는 건 정말 미미한 수치지만 모래알만큼이라도 그의 다음 작품에 일조한다는 기분이었다.

어떤 영화감독이 그렇지 않겠느냐만, 애니메이션 회사에서 함께 일하던 감독님도 책을 무진장 좋아했다. 감독님 방에 가면 커다란 방 한쪽 벽이 모두 책이었다. 회의하러 들어가 책장을 구경하다가 마음에 드는 책이 보이면 내 자리로 와서 주문하곤 했다. 독립서점을 즐겨 찾는 분이라, 영화 개봉에 맞춰 전국 곳곳으로 GV를 다닐 때면 늘 그 지역 독립서점을 방문했다. "이런 데 오면 무조건 책을 사야지. 그래야 책방이 사니까"라는 말을 자주 하셨다. 독립서점에서 책을 사는 것은 출판사뿐만 아니라 서점도 지키는 일이겠구나, 그분을 보며 느꼈다.

감독님은 "지수 씨, 갖고 싶은 책 있으면 들고 와. 사줄게"라면서 사비로 책 선물을 해주곤 했다. 안동에 있는 독립서점에 들렀을 때였다. 나는 존 버거의 『A가 X에게』를 골랐고, 감독님은 책 맨 앞장에 구매한 날짜와 함께 짧은 편지를 적어주셨다. 위치를 찾기 힘들어 한참을 빙빙 돌다 들어간 서점은 블라인드가 만든 햇빛 세로 줄무늬가 가득 비치는 고요하고 아름다운 공간이었다. 책장에 꽂힌 『A가 X에게』를 볼 때마다 그날이 떠오른다. 다시 가볼까 싶었는데 얼마 후 폐점했다는 안타까운 소식을 들었다. 애니메이션 회사에서 일한 후로는 나도 감독님을 따라 독립서점이나 마을책방에 들어가면 되도록이면 빈손으로 나오지 않는다. 연민의 마음이 아니다. 서점주가 고이고이 책을 골라 모아둔 덕에 마음에 드는 책을 발견하게 됐으니, 그에 대한 보답으로 꼭 거기서 살 뿐이다.

나는 책이 비싸다는 말에 동의하기가 힘들다. 내가 다니던 대학교 등록금은 매 학기 350만 원이었다. 1년이면 700만 원. 만약 책 한 권이 1만 5천 원이라면 약 466권을 살 수 있는 금액이다. 물론 대학교는 각종 시설 운영비와 인건비가 들어간다. 많은 인간관계와 추억도 쌓을 수 있고 말이다. 하지만 결국 대학의 궁극적인 목적이 지식 획득이라면 골방에서 466권을 사서 보는 쪽이 대학에 다니기보다 어떤 면에서는 질적으로 더 나을 수 있다. 아니, 좋은 책 스무 권만 있어도 1년 동안 열심히 독파하면 반드시 어떤 지혜를 얻을 수 있지 않을까.

학교에 다닐 때는 등록금이 아깝다는 생각이 들어 최대한 도서관에 자주 들락거렸다. 학교 도서관에서 1년에 466권을 읽는다면 적어도 손해 본다는 느낌은 들지 않을 것 같아서였다. 당시 독서 기록에 따르면 466권까진 아니더라도 1년에 거의 120권 정도를 빌려 봤다. 완독한 책은 그의 반의반도 안 되지만 나름 애쓴 흔적이 보인다.

뭔가 값어치를 매길 때 책값으로 하면 몇 권이지? 하고 자주 계산해 본다. 학원비를 책값으로 환원해서 혼자 공부하는 게 낫겠다 싶으면 독학을 한다. 살까 말까 망설이는 책이 엽기떡볶이 한 번 시켜 먹는 가격이라면 산다. 커피 세 잔에 책 한 권? 나쁘지 않다. 하드커버에 질 좋은 종이에 인쇄된 명화가 가득한 책이 4만 원이면 살짝 고민되지만, 족발 중짜 하나 가격임을 깨닫고 나면 책값이 굉장히 합리적으로 느껴진다. 족발이야 먹으면 그만이지만 책은 두고두고 볼 수 있다. 계산기를 두드리면 책값은 꽤 싸다는 생각까지 든다. 4만 원으로 눈 호강, 그림 공부까지 하다니 얼마나 좋은가. 0.00000000001%일지라도 출판 시장에 후원하고 있다는 뿌듯함은 덤이다.

신간을 계약하고 계약금을 받으면, 과연 책을 몇 권 살 수 있을지를 따져본다. 이상하게도 다른 외주 작업과 달리 책을 계약하고 받은 돈으로는 왠지 책을 사고 싶어진다. 책 쓸 때 볼 책들이라면서 계약금이 들어오자마자 또 책을 사버린다.

사실 20대에 도서관에 자주 들락거렸던 건 잘한 일이지만 한편으론 아쉬운 점도 있다. 그때 도서관에서 빌려 본 책 가운데 인상에 강렬하게 남은 책이 많았는데 소장하지 않으니 자연스레 잊게 됐다. 책장에서 사라지니 그 책이 줬던 기운도 시간이 지나면서 조금씩 희미해지는 기분이 들었다. 만약 책을 그때그때 사서 계속 가지고 다녔다면 어땠을까. 언제 흘려보냈는지 모를 이제 남지 않은 어떤 기억을 조금은 붙잡아둘 수 있었을까? 그래도 사서 본 책 중 내게 유의미했던 것은 스무 살 자취할 때부터 지금까지 아홉 번 넘는 이사 동안 단 한 권도 버리지 않고 계속 이고 지고 다녔다. 지금 얼핏 새어보니 60권 정도 된다. 새삼 대단해 보인다.

나는 2009년부터 매년 읽은 책을 모두 기록했는데, 하필이면 가장 다독한 해의 일부분이 소실되어 그때 읽은 책 제목이 뭔지 기억나지 않는다. 제목만 죽 적어놓은 독서 기록과 실제 그 책을 갖고 있는 건 느낌이 다르다. 하지만 20대엔 책을 많이 살 형편도 안 됐고 또 이사할 때도 책이 늘 문제여서 조금씩 처분해야 했다. 어른이 된 지금은 책을 처분하지 않고 쭉 소장할 수 있기에 책을 사고 또 산다. 예전에 썼던 독서 기록장을 들춰보며 '이 책은 갖고 있는 게 좋을 텐데!' 싶은 책은 다시 사들이기도 한다. 디자인이나 판형이 달라진 경우가 많아 좀 아쉽다. 절판된 책은 중고로 산다. (최근에는 『페다고지』를 샀다.)

표지 작업을 꾸준히 하며 책을 만드는 사람이 되다 보니 어쩐지 책을 더 사고 싶다. 편집자 친구를 만났을 땐 단지 좋은 책을 앞으로도 계속 보고 싶다는 독자의 마음으로 책을 샀지만, 이제는 출판계에 발가락 두 개쯤 담그고 있는 신세다 보니 내가 속한 산업을 위해 나의 자본을 쓴다는 느낌이다. 내가 몇 권 산다고 산업이 달라지진 않겠지만 좋은 책을 보고 주변에 소개하고 사람들에게 자꾸 떠들다 보면 내가 속한 산업이 아주 조금이라도 더 커지지 않을까, 이 산업이 커져야 나도 먹고살 수 있다는 두루뭉술한 계산을 해대며 또 책을 사고 만다.

책을 사서 보면 좋은 점이 많다. 도서관에서 빌린 책은 매우 조심해서 보게 되는 반면 내가 산 책은 내 방식대로 봐도 된다. 물론 자기 책이라도 소중히 대하며 책을 읽는 사람도 있겠지만 나는 책을 더럽히는 것을 좋아한다. 열 번 넘게 본 각본집이 헤진 것을 볼 때마다 기분이 좋다. 책갈

피 대신 책날개도 잘 쓴다. 책날개가 우그러져도 괜찮다. 마음에 드는 문구가 나오면 귀퉁이를 접어두고 색연필이나 볼펜으로 밑줄을 좍좍 긋는다. 어딘가에 인용할 만한 문장에는 포스트잇을 붙인다.

정말 좋았던 책은 여러 번 보게 본다. 많은 책을 한 번씩 보는 것보다 한 권의 책을 여러 번 보는 게 더 좋을 때가 있다. 책을 빌려 보면 여러 번 꺼내 보기가 불가능하지만 사두면 집에 있을 때는 언제든지 당장 꺼내 바로바로 읽을 수 있다. 책을 두 번째 볼 때는 처음 보면서 밑줄 치고 표시해놓은 곳을 확인하며 '맞아, 맞아, 지금도 이 부분이 좋아!' 하며 혼자 공감하며 재미있게 잘 논다. 너무 좋아 자주 보기도 하고 식탁과 책장과 침대까지 매번 들고 다니느라 책이 조금 헤져버리면 그 책을 새로 한 권 더 구매하기도 한다. (최근에는 『유럽의 그림책 작가들에게 묻다』라는 책을 한 권 더 구입했다.) 새로 산 책은 소장용으로 헌책은 계속 우리 집을 여기저기 굴러다닐 용도로 구분한다. 새 책이 한 권 더 있다는 생각에 헌책을 더 맘대로 다룬다. 내용이 중요하거나 어딜 가나 보고 싶은 책은 전자책으로도 구매한다. (최근에는 마루야마 겐지의 책을 전자책으로 한 권 더 구매했다.)

책을 사서 보면 좋은 점 또 하나. 책장에 꽂아놓으면 당장은 읽지 않더라도 언젠가는 반드시 읽게 된다. 지금 내 책장에는 산 지 5년이 지났지

만 읽지 않은 책이 수두룩하다. 그러나 나는 안다. 저 질리도록 본 책등과 제목이 어느 날 어떤 타이밍에 갑자기 꺼내 달라 말을 걸 테고, 그에 응답해 언젠가는 저 책을 읽게 되리란 걸. 책마다 타이밍이 다 있다. 지금 읽고 싶어 샀는데 막상 도착하면 영 구미가 당기지 않을 때도 많다. 그래도 일단 책장에 꽂아두고 생활을 하다 보면 자꾸 눈에 밟힌다. 한 달, 두 달 보내고 나면 어느 날 저 책을 지금 당장 읽어야겠다는 생각이 든다. 충동에 따라 책을 읽기 시작하면, 역시 재밌다! (최근에는 『나는 있어 고양이』라는 책을 구매한 지 2년 만에 읽었다.) 책을 잔뜩 사두면 뭘 읽을까 고민하는 재미, 언젠가 계시처럼 타이밍을 만나는 재미가 있다. 만약 책을 사두지 않고 서점에서 만난 날 그대로 헤어졌다면 그 책을 읽을 타이밍은 내게 다시는 찾아오지 않는다. 곁에 계속 두면서 언제 읽게 될까 호시탐탐 노려보는 쪽이 더 즐겁다.

넓은 집으로 이사하고 나서 책장을 하나 더 샀고, 한 달에 20~30만 원 정도를 책 사는 데 썼다. 가계부를 쓰다가 이번 달은 책을 사지 말아야 할 것 같은데…… 하고 결심하지만 습관적으로 온라인 서점, 오프라인 서점을 드나들다 보면 결국 내 손에는 한 권, 두 권 책들이……. 지금 온라인 서점 장바구니에 250권 정도가 담겨 있다. 이 아이들을 다 사려면 얼마를 벌어야 할까? 가끔은 늘어나는 책을 보며 마냥 기쁘기보다 두렵다. 언젠가 유학 가고 싶다는 꿈이 있는데, 만약 외국에서 살게 된다면 다 버려야하나 걱정스럽다. 내가 망해서 빈털터리가 돼서 되팔아도 얼마 받지 못할텐데 하는 걱정에 사로잡히다가도 나중 일은 나중에! 하며 책 사는 일만큼은 카르페디엠이 된다.

　　남편은 가끔 "그럴 거면 서점을 하지 그래?" 하고 묻지만 서점은 하지 않을 것이다! 진정한 애서가에 비해 그렇게 장서가 많은 편도 아니거니와 책을 많이 산다고 서점을 한다는 건 편견이다. 뜨개질하는 사람들 사이에는 다음과 같은 농담이 있다. "실 구매와 뜨개질은 각각 서로 다른 취미"라는. 처음엔 어떤 사명감에서 시작했지만 지금은 책 사는 것 자체를 매우 즐기고 있다. 계산대에서 결제하는 순간과 묵직한 종이 상자가 택배로 오는 날이 삶의 낙이 되었으니 말이다. 어차피 돈이 들어가는 다른 비싼 취미도 없으니, 책 사기를 취미로 삼아도 좋지 않을까. 오히려 하면 할수록 빠져들고 평생 사도 이 세상 책은 다 못 산다, 절대 끝이 없다는 사실이 나를 흥분시킨다. 이만한 취미가 어디 있담.

학생 때나 20대엔 늘 자취방에 기본 옵션으로 딸린 책장에 만족하는 수준이었기에 '예쁜 책장'을 생각할 겨를이 없었다. 원룸을 떠나 거실과 부엌이 분리된 집으로 이사를 해도 책장은 늘 기본 디자인에 '낮은 가격순'으로 정렬한 뒤 나빠 보이지 않는 평범한 디자인을 선택했다. 결혼을 하고 신혼집을 얻을 즈음 소장하는 책이 많아져 거실 한쪽 면을 책으로 채우고 싶었는데 그때도 적당한 가격으로 3X5칸짜리 대형 책장 하나, 5칸짜리 책장 하나를 샀다.

그런데 보통 5~6칸짜리 책장은 한 칸 세로 길이가 30cm이고 내가 가진 책 중 예술 서적이 아닌 일반 단행본 크기는 보통 세로 18~23cm라, 꽂으면 책장 안에 여백이 너무 많이 남았다. 책이 계속 늘어나자 결국 책장 안 여백에 책을 가로로 끼워넣기 시작했다. 그래도 자리가 모자라서 앞부분 남은 자리에 책을 쌓아두다 보니 뒤쪽 꽂힌 책이 안 보였다. 어느새 보기 싫은 모양이 됐다.

2년쯤 살고 나니 책 수납 형태가 못생긴 게 슬슬 짜증이 났다. 왜 이 책장은 아름답지 못한가. 수납은 왜 이렇게 비효율적인가. 새로운 책장을 사고 싶다. 한 칸에 너무 많은 여백 없이 책이 예쁘게 꽉꽉 들어차는 책장을 사야겠다. 그러면 책을 흉하게 가로로 여기저기 끼우지 않아도 되겠지.

인터넷에서 내게 맞는 책장을 찾기 시작했다. 여백이 너무 많이 남지 않게 꽂을 수 있는, 만화책 전용으로 나온 7~8단짜리 책장을 발견했다. 딱 내가 원하던 사이즈였는데 나뭇결이나 마감, 디자인이 아쉬웠다. 예전에는 신경 쓰지 않고 기본 디자인이면 샀지만 이제 이왕이면 맘에 드는 책장을 하나 장만하고 싶었다. 7~8단짜리 다른 책장을 살펴봤으나 영 마음에 드는 것이 나오지 않았다.

혹은 5~6단이라 해도 한 칸 세로 높이가 높지 않은 책장을 찾아봤다. 외국 드라마나 영화를 보면 여백 없이 꽂을 수 있는 크기의 책장이 나와 항상 캡처를 해두었다. 우리나라에도 있지 않을까? 하고 뒤져봤지만 '아무리 샅샅이 뒤져봐도' 존재하지 않았다. 국내에 있는 5~6단짜리 책장은 죄다 크기가 거대해서 한 칸의 높이가 너무 높았다. 높은 가격순으로 봐도, 낮은 가격순으로 봐도, 편집숍에서 봐도, '오늘의 집'에서 봐도 내가 원하는 디자인은 찾을 수 없었다. 정말 마음에 드는 디자인은 해외에서 수입한 빈티지 책장이라 가격이 지나치게 비쌌다. 이케아 책장을 사면 선반을 추가해 단 수를 늘릴 수 있었지만, 내 바람보다 옆 폭이 깊었고 벽에 고정하지 않으면 흔들린다든가 책을 많이 꽂으면 휜다든가 하는 후기를 보자 사고 싶지 않았다.

결국 남은 선택은 주문 제작이었다. 가구 주문 제작 업체를 알아보기 시작했다. 나의 미감이 너무 까다롭거나 내가 지나치게 개성적인 책장을 원하는 걸까. 내가 원하는 느낌의 업체는 가격이 비쌌고 저렴한 곳은 디자인이 맘에 들지 않았다. 웹서핑을 거듭하던 끝에 어떤 책장 사진 하나가 눈에 탁 걸렸다. 독립서점 같은 곳에서 찍은 사진이었는데 짙은 밤색에 날렵한 모양이 예뻤다. 내 바람대로 작은 책이 적당한 칸 안에 쏙쏙 예쁘게 박혀 있었다. 칸 크기를 다양하게 하여 큰 책을 꽂을 수 있게 하면서도 전체적인 디자인이 조잡하지 않았다.

　물색해보니 책장을 만든 곳은 '도잠'이라는 브랜드였다. 요즘 유행하는 나왕합판 가구 느낌이지만 전체적인 때깔이 남달라 자꾸 눈에 밟혔다. 후기도 좋고 무엇보다 예뻤다. 찾아보니 이 브랜드가 나왕합판 가구의 시초 같은 곳이라고 했다. 가구를 만들 때 못을 박는 게 아니라 짜맞춤을 한다는 점도 매력적으로 다가왔다. 여기서 주문 제작한 다른 책장을 며칠이나 들여다보다 도잠 쇼룸이 집에서 그렇게 멀지 않음을 확인한 후 가보기로 했다. 직접 가구를 보고 싶기도 했고 주문 제작을 하려면 상담을 해야 했다.

　상담만 하려고 했지 주문을 맡길지는 나중에 결정하려고 했는데 막상 쇼룸에 들어가니 사진보다 더 예뻤다. 놀랍게도 동양적인 느낌과 우리나라 전통 가구 느낌이 동시에 났다. 그리고 사진을 보며 상상했던 것보다 훨씬 견고했다.

　대표께서 상담은 또 어찌나 자세하고 친절하게 해주시던지. 사실 그때까지만 해도 좋은 가구를 따져보고 사거나 주문 제작하는 것은 나의 세계가 아니라 다른 어른의 영역 같아 보였다. 내 몸엔 뭐든 최대한 아껴야 한다는 습관이 배여 있어 '내가 주문 제작을?' 하며 호기심 반 두려움

반으로 망설였다. 그런데 상담을 하면서 도잠의 매력에 이미 흠뻑 빠져 버린 나를 보고 옆에 있던 남편이 말했다.

"맘에 들면 질러버려. 이제 그럴 능력 되잖아."

그 말을 듣고 바로 결정했다. 그렇게 해서 만들게 된 아담한 크기의 책장 네 개. 한 달을 기다려 받았다. 사실은 훨씬 큰 디자인으로 하고 싶었지만 네 개로 나눠 제작한 이유가 있다. 나는 변덕이 심해 가구 위치를 자주 바꾸고 싶다. 너무 크면 옮기기 불편하다. 또 책장 주문을 맡길 당시 몇 달 후면 이사할 예정인 데다 아직 이사 갈 집은 정해지지 않은 상태였다. 이사 가는 집에 어울리는 책장을 예상할 수도 없고 또 앞으로 이사를 더 다닐 수도 있기에 기본 디자인으로 여러 개 만든 후 새로운 공간에 가더라도 언제든 내가 이리저리 옮겨 재배치할 수 있었으면 했다.

가구를 제작하기 전에 인테리어 사진을 많이 찾아봤는데 천장 높이까지 올라가는 책장이 조금 답답해 보였다. 그래서 창틀이 있는 높이 정도로 제작했다. 창가 높이 정도의 책장을 만들면 고양이들도 캣선반처럼 위를 왔다 갔다 할 수 있었다. 책장을 맡길 즈음 낮은 책장 디자인에 반한 상태이기도 했다. 책장 하나의 높이가 110cm인데 두 개는 4단으로, 두 개는 3단으로 제작해 다양한 사이즈의 책을 꽂을 수 있도록 했다. 너

화집, 큰 그림

내가
작업한
책들

정치,
철학

비도 너무 깊지 않아 특히 작은 사이즈의 만화책이나 소설책, 에세이를 꽂았을 때 가장 어울리고 예쁘다. 4단 책장에 들어가지 않는 책은 3단 책상에 꽂았다.

책장을 받고 모든 책을 옮겼을 때 놀랐다. 내가 갖고 있던 책들이 거의 모든 칸에 모자라지도 과하지도 않게 사이즈별로 딱딱 들어갔다. 대충 미리 계산해보긴 했지만 예상보다 더 적절하게 꽉 들어차서 기뻤다. 무엇보다 책장이 예뻤다. 슬림하고 작은 하나하나의 모양이 마치 하나의 오브제 같았다. 짙은 갈색도 고왔다. 책을 다 꽂고 나서 맘에 쏙 드는 가구를 산다는 게 이렇게 기분 좋은 일임을 처음 느꼈다. 내 책들이 여기저기 나뒹굴거나 책이 책을 가려 산만하지 않고 '일목요연'하게 정리해 한 곳에 모아둘 수 있어 너무 기분 좋았다.

나중에 알았는데 도잠의 가구는 모든 제품을 여성 작업자들이 손으로 만든다고 한다. 그리고 기존 가구들이 너무 무거운 것에 문제의식을 느끼고 '여성이 혼자 들고 나르기에 무리 없도록 가볍고 이동이 쉬워야 한다는 철칙'도 갖고 있다고. 제조 공정에서 발생 가능한 환경 오염을 원천적으로 차단할 수 있게 애쓴다는 점도 좋았다. (이렇게 쓰고 보니 무슨 도잠 마케팅 부서에서 나온 것 같다.)

지금은 이사 후 새집 거실에 책장이 놓여 있다. 그런데 책을 사다 보니 도잠 책장만으로는 공간이 부족해 결국 새 책장을 사야 했고 이번에는 집도 넓어졌고 수납도 많이 필요해 천장까지 닿는 높은 책장을 사기로 했다. 너무 큰 비용을 들이고 싶지 않아 고심 끝에 이케아 책장을 샀다. 막상 사고 보니 나쁘지는 않은데, 이케아 책장은 시간이 지나면 중간에 판이 휘어버린다는 단점이 있으니 어떻게 될지 두고 봐야 한다. 엄청 맘에 들지는 않아서 아마 이사 가면서 '당근'에 내놓게 되지 않을까. 지금 집은 일단 여기서 만족하고 전세가 끝나고 다시 이사 가면 새로 책장을 사야겠다.

맘에 드는 디자인의 책장이 나왔을지 아직도 검색을 자주 해본다. 그런데 아직 우리나라는 큼직큼직한 대형 책장 아니면 아예 작은 책장이 대부분이다. 왜 다양한 디자인의 책장이 없는 걸까. 낮은 단의 책장은 왜 존재하지 않는 거지? 책 세로 길이가 대부분 23cm 이하인데 칸 높이가 왜 다채롭지 않은 걸까. 내가 못 찾은 건지, 존재하지 않는 건지 진짜 궁금하다. 혹시 예쁜 책장을 알고 계신 분, 저에게 영업 부탁드립니다. 슬림하고 컴팩트한 예쁜 책장을 기다립니다. 아니면 단을 스스로 조절할 수 있되 책장이 휘지 않고 튼튼하고 예쁘면 좋겠다.

요즘은 '비초에'라는 가구에 완전 꽂혔다. 깔끔한 디자인에 내가 마음대로 구성하는 모듈식이 장점인 선반이다. 아늑한 방에는 도잠을, 깔끔하고 시원한 공간에는 비초에 책장을 놓고 싶다. 그런데 비초에는 벽에 못을 박아야 해서 자가가 아니면 설치가 안 된다. 물욕이 크진 않지만 책장을 벽에 박기 위해 '내 집'을 갖고 싶다는 생각을 처음 가져봤다. 아니면 아예 맞춤형 원목으로 제작하거나 도서관에서 사용하는 책장을 사서 방 하나를 도서관처럼 꾸며보고 싶기도 하다. 서재 인테리어 관련한 사진을 모으는 게 어느새 취미가 된 것 같다.

독 서
강 박

　나는 항상 책을 가까이하고 좋아했지만 스스로 그렇게 말할 자격이
없다고 생각해왔다. 나보다 더 많이 읽는 사람은 주변에 얼마든지 있었
으니까. 내 기억에 나는 책을 사랑하는 마음보다 책을 많이 읽어서 사랑
받고 싶은 마음이 더 컸던 것 같다. 특히 다른 사람의 시선이 민감하게 다
가오던 시기 10대 초중반에 유독 그랬다. 어릴 때는 재미있어서 그림책
이나 만화책을 봤다면 확실히 초등학교 4학년부터는 책을 '많이 읽어야
한다'는 의무감을 느꼈다. 학교 분위기도 그러했고 어른들도 책을 많이
읽으라는 말을 달고 살았으니까. TV를 틀면 '책책책 책을 읽읍시다' 같은

프로그램이 대인기였으니, 책을 많이 읽어야 한다는 강박을 느꼈나 보다.

책을 많이 읽는 친구들이 부러웠다. 부러워하던 아이의 책상 위엔 앙드레 지드의 『좁은 문』이나 헤르만 헤세의 『데미안』 같은 책이 있었다. 친구는 반짝이는 눈을 책에 고정한 채 고개를 들지 않았다. '나는 저 책을 읽지 않았는데……' 그 작은 사실 하나만으로도 열등감 비슷한 감정을 느끼곤 했다. 그들에 비해 나는 모자라다는 생각을 자주 했다. 그럴 때마다 '왠지 읽어야 할 것만 같은' 책을 빌리러 학교 도서관에 갔지만, 구경하다 보면 결국 마음이 움직이고 호기심이 이는 책을 꼭 같이 골라 왔다. 결국 집에 와서 읽는 책은 내가 끌려 고른 책이었다. 읽어야 할 것 같아 고른 책 중에 재미있는 경우도 물론 있었다. 책이야 표지를 열고 첫 문장을 읽기 전까지는 어떤 세계가 벌어질지 모르니까. 그런데 의무감으로 읽은 책은 대부분 내용이 잘 기억나지 않는다.

중학교에 들어가기 전까진 대부분 시간에 TV나 만화영화를 봤다. TV를 볼 땐 한없이 느긋해지다가도 학교에 가면 마음 한편에서 조바심을 느꼈다. 더 많은 책을, 더 많은 고전을 읽어야 하는데 영영 다 못 따라잡을 듯해 늘 찜찜했다. 나는 늘 욕심이 많고 경쟁심과 호승심이 넘친다. 책을 많이 읽는 아이들을 선망하고 질투했던 이유는 나도 책을 사랑해서였다. 책을 좋아하니까 그들보다 더 많이 잘 읽고 싶어서 경쟁심을 느꼈다. 행동력이 느리고 게으르다 보니 그들을 따라잡을 수 없다는 생각에 더 열망했을지도 모른다.

경쟁심이 발동하는 기질은 대학생 때까지도 그랬다. 대학생이 되어서는 오히려 이런 경쟁심을 갖고 있는 내 성정이 독서를 꾸준히 하는 데 도움이 되었다. 주변에 질 좋은 독서를 하는 사람들이 초, 중, 고등학교 때보다 많았으니까. 대학생 때는 어려운 책, 유명한 책, 마음이 움직이는 책 등등 가리지 않고 곧잘 읽었다.

도서관에 가는 걸 정말 좋아했다. 학교 도서관은 물론이고 자취방 근처 도서관을 자주 찾았다. 책이 좋고 재미있으니까 많이 보고 싶다는 마음이 반쪽, 책을 많이 읽는 사람이 '되고 싶다'는 마음이 반쪽이었던 것 같다. 책을 많이 읽고 많은 것을 알아 사람들의 환심을 사고 싶다는 욕망을 느꼈다. 이런 마음이 불순해 보여서 여태 입 밖에 내놓은 적은 없지만 그런 마음이 있었기에 책 주변을 계속해서 얼씬거렸다. 그런 마당에 이 세상까지 자꾸 책을 읽으라고 눈치를 주니, 의무감에 시달리는 기분을 오래도록 내려놓지 못했다. 왜 책을 순순히 좋아하고 수행하는 마음을 더 응원하지 못했을까.

오히려 책을 읽다 보니 알게 됐다. 자꾸 무언가가 되려고, 이상적인 것에 도달하려고 애쓰다 보면 점점 그 이상과 현실 사이 갭만 느끼게 될 뿐임을. 현실과 이상의 틈바구니에서 괴로워하느니 그냥 내가 밟아온 길 자체를 인정하는 게 지혜임을 깨달았다.

일본 그림책 작가 고미 타로는 이런 말을 했다. "어릴 때 '추천 도서' 는 재미없었어. 그래서 우연히 만난 책만 읽었지. 분명 무의식적으로 나 스스로가 그런 책을 원한 것일지도 모른다고 생각해."(『그림책 작가의 작업실』 중 167쪽) 우리는 마치 친구나 연인을 만나듯 우연히 그 순간 이끌리는 것에 따라갈 뿐이고 그렇기 때문에 한 인간이 책을 만나는 과정은 모두에게 각각 고유한 서사를 지닌다. 이렇게 멋지고 너그러운 말을 해주는 어른이 곁에 있었다면 얼마나 좋았을까! 그럼 좀 더 정답을 수행하듯 경쟁적으로 책 읽기를 하거나 주변 시선을 두려워하지 않고 책을 사랑할 수 있었을 텐데.

돌이켜보면 나도 그렇다. 순간순간 그 자리에 우연히 놓인 책 중에서 내 마음이 동하는 책을 무작위로 만나며 독서를 해왔다. '반드시 읽어야만 하는 책' 같은 건 없다. 읽지 않으면 안 되는 책 역시 없다. 누군가가 읽은 것을 내가 읽지 않았다고 해서 어느 한쪽이 열등해지는 일도 없다. 왜 어릴 땐 이런 걸 몰랐을까.

고미 타로는 이런 말도 한다. "책과의 만남이라는 건 개개인의 인생에 걸친 사건이다." 어차피 인생이란 반드시 해야 하는 단 하나의 정답이 없는데 책이라고 그럴까. 누구를 이기기 위해 책을 고르는 모습은 이제 나에게 자연스럽지 않다. 마치 계획 없이 떠난 여행에서 벌어진 사건을 선물처럼 받아들이듯, 요즘은 우연히 다가오는 책 한 권 한 권을 소중한 만남으로 여기며 즐기려 한다.

어떤 나라에서는 책을 읽은 후 아이들에게 독후감을 쓰라고 시키지 않는다. 대신 '또 읽고 싶은 책이다', '친구에게 추천하고 싶다' 같은 항목 중 하나를 선택하게 한다. 이렇게 읽으면 분명 마음에 부담이 덜 할 것 같다. 어린 시절에 읽고 나서 무언가를 반드시 꺼내야 한다는 생각보다는 그저 즐기는 마음으로 책을 봤으면 좋았을 텐데.

어른이 되어서 독후감을 쓰지 않아도 된다는 사실이 좋았다. 나는 숙제라면 전부 질색이었고 그런 맥락에서 독후감 쓰기가 싫었다. 어떤 책은 읽어도 아무 생각이 들지 않았다. 혹은 너무 파편적인 감상밖에 떠오르지 않아 딱히 정리할 마음조차 들지 않았다. 다음에 다시 읽고 싶다, 누군가에게 선물하고 싶다, 정말 재미있었다, 이걸 읽고 어떻게 살고 싶어졌어,

이런 여러 가지 생각을 꼭 특정 분량에 맞춰 써서 제출해야 한다는 생각 때문에 오히려 책에 집중이 안 됐다. 책 읽기가 스트레스가 됐다.

　내가 독서 강박을 느낀 건 교육 환경이 원인이었을까? 학교라는 공간과 멀어지면 멀어질수록 독서 강박이 점점 희미해졌다. 시험, 숙제, 불필요한 관계, 독후감이 인생에서 사라지자 마음이 이끄는 대로 행동할 수 있었다. 그냥 마음에 드는 책, 궁금한 책, 읽고 싶은 책을 장바구니에 담는 것만으로도 바쁘고 즐거운 사람이 되었다.

　한편 작가의 입장이 되면 의무적으로 책을 읽어야 하는 경우가 끊임없이 생긴다. 사람 이야기를 만들고 싶은데 사람에 대해 무지할 수는 없다. 사람을 이야기하려면 사회 구조에 대해서 알아야 한다. 다양하게 책을 읽어야 영감을 얻고 무언가를 만들 수 있다. 그런 생각을 하면 한 권이라도 더 봐야 하는데! 하면서 조바심이 나긴 해도 이건 쫓기는 듯한 마음이 아니라 즐거운 조바심이다. 남들 눈치를 보거나 강박과 경쟁심을 느끼는 게 아니라 내가 만들고 싶은 작품과 세상을 탐험하는 일이니까 기분 좋은 촉박함이다.

　좋은 책을 더 많이 알고 싶다는 욕망은 사라지지 않았다. 하지만 예전에는 읽어야 할 책을 안 읽은 걸 들키면 어쩌나 겁이 났는데, 이제는 내

가 누구보다 덜 읽고 모른다 해도 "오, 그렇군요(웃음)" 하며 흘려 넘기게
됐다. 아무렴 어때, 하고 다시 내 세계에 빠져든다.

지금까지 세 번의 출간 경험이 있는데 첫 책과 두 번째 책은 만화책이었다. 2015년 그림을 다시 그린 지 1년 남짓 되었을 때 사회운동을 하던 선배들로부터 연락을 받았다. 월간지에 매달 새로운 노동조합 활동가를 만나 그의 삶과 노동조합 활동에 대한 기사를 실을 예정인데 거기에 두 페이지 만화를 곁들이고 싶다는 거였다. 두 장이면 할 수 있지 않을까? 하고 승낙했는데 반응이 나쁘지 않아 네 페이지로 늘어났고 2년 동안 다달이 연재했다.

만화를 연재하며 학교 급식실, 화장품 회사, 백화점, 타이어 회사, 인천공항, 우체국 등 우리 주변에서 흔히 볼 수 있는 곳에서 부당한 사건들이 이렇게 많다는 것을 가까이서 알게 되어 배움이 되는 작업이었다. 그런데 웹툰은 종종 봤지만 만화는 10년 넘게 보지 않은 것은 물론 그림 자체가 너무 오랜만이다 보니 그리는 게 여간 어려운 일이 아니었다. 비슷한 만화책을 참고한다 해도 손이 따라가지 않아 작업을 하면 할수록 내가 하고 있는 게 맞는 건지, 어떻게 풀어나가야 할지 의문이 생겼다. 처음엔 의기양양했는데 하면 할수록 의기소침해진 상태로 바뀌었다.

급하게 만화를 다시 공부했다. 만화 작법서로 세계적으로 유명한 스콧 맥클라우드의 『만화의 이해』, 『만화의 미래』, 『만화의 창작』을 순서대로 읽었다. 이 책은 이론서가 아니라 만화가 무엇인지에 대해 그린 '만화책'이다. 30년 전에 나온 책이지만 아직도 많은 사랑을 받고 있다. 앞으로도 계속 클래식으로 남으리라 생각한다. 이 만화책을 다시 보며 '만화적 표현'에 대해 재정립했고 만화란 이런 것이구나 대략 이해할 수 있었다. 그래도 어릴 때 만화를 많이 봤기 때문에 책에서 말하는 게 어렵지는 않았다. 만화 작법을 공부하다 보니 데즈카 오사무는 빼놓을 수가 없어 도서관에서 데즈카 오사무의 작법서를 찾아보곤 했다.

'그림으로 그린 소설'로 불리는 그래픽 노블도 열심히 찾아봤다. 바스

티앙 비베스의 『폴리나』나 마르잔 사트라피의 『페르세폴리스』를 제일 좋아했고 『화이트 소냐』를 보고는 장르와 그림의 조화가 아름다워 충격받았다. 이 만화들을 모작하면서 내 만화를 그릴 때 이들의 화풍을 흉내 내기도 했다.

전국 각지에서 투쟁하는 사람들의 이야기를 만화와 르포로 담은 『섬과 섬을 잇다』를 보면서 인디 만화가들의 존재도 알게 됐다. 내가 만화를 연재하던 도중에는 『빨간약』이라는 만화책도 나왔다. 여러 만화가가 모여 주요 사회 이슈를 이야기하는 책이다. 이 책을 보며 내 작업에 적용할 만한 힌트를 많이 얻었다. 주류 만화 속 큰 눈과 오똑한 코를 가진 얼굴이 아닌 투박한 선으로 담아낸 리얼한 한국인의 얼굴이 인상적이었다. 그때는 그런 그림에 매료됐다. 판화 같으면서도 절제된, 우리 주변의 평범한 사람들을 드러내기에 알맞은 그림체. 그중에서도 마영신 작가 그림이 좋았다.

돌이켜보니 어쩌면 만화에 대해 공부하면서 자꾸 훌륭한 것을 많이 보게 되어 나 자신이 더 작아졌던 것일지도 모른다. 왜 나는 이렇게 그리지 못할까, 그런 생각을 하느라 칸을 나눠놓고 한참을 종이 위에서 서성였다. 실력은 아무리 벼락치기를 해도 빨리 성장할 수는 없어서 어쩔 수 없는 일이었을 뿐인데 그땐 그런 걸 몰라서 괴로워하는 데 온 정신을 다 바쳤다. 좋은 만화는 많이 만났지만 별개로 나는 이제 그만하고 싶었다. 어릴 때는 내 이름으로 만화가 나오면 마냥 좋을 줄 알았는데 나의 첫 만화에서 기쁨을 느낄 겨를은 없었다. 영영 그리지 않을 생각은 아니었다. 단지 당분간은 '그림 공부를 더 열심히 해야 한다'는 절실함이 생겼다. 나의 첫 책 『너에겐 노조가 필요해』를 출간한 후 얼마 지나지 않아 만화 연재를 마쳤다.

그런데 연재를 마친 후 2년 뒤 내가 그림체를 좋아한다고 말했던 바로 그 마영신 작가로부터 연락을 받았다. 깜짝 놀랐다. '마영신 작가님이 왜 (별 볼 일 없는) 나한테 연락하는 거지……' 메일함을 열어보니 함께 만화 작업을 해보자는 제안이었다. 이럴 수가. 벌벌 떨며 미팅을 했다. 홍대 어딘가의 카페로 달려가 직접 만나보니 마영신 작가가 스토리와 콘티를 짜고 내가 그림을 그리며 어린이 잡지에 연재하자는 계획이었다. 나에게 연락한 이유는 인스타그램에서 우연히 본 나의 나무 그림 때문이라고 하셨다. 작가님은 예쁘고 따뜻한 만화를 만들고 싶은데 자신은 그런 그림을 그릴 수 없다며 나의 서정적인 풍경 그림을 보고 내가 그림을 그려준다면 좋겠다고 하셨다. 과거의 나는 마영신 작가님의 그림이 좋아 흉내 내고 싶

었는데 마영신 작가님은 내 그림으로 만화를 만들고 싶으시다니 이런 영광이. 심지어 '보통 사람들이 가진 아름다움을 그려보자'는 만화의 취지가 평소 나의 생각과 딱 맞아떨어졌다. 그렇게 두 번째 만화를 그리게 됐다.

그런데 미팅 후 마영신 작가님은 내 빈약한 전작들과 얼마 안 되는 경력을 보고 좀 우려스러우셨는지 이것저것 만화의 클래식을 추천해주셨다. 내가 『드래곤볼』과 『H2』를 만화책으로 본 적 없다고 하니 충격을 받으시며 빨리 그것 먼저 보라고 하셨다. 한국에 잘 알려지지 않은 일본 예술 만화가 작품까지 보내주셨다. 한국 나이로 스물여덟, 그렇게 또 갑자기 만화 공부가 시작되었다. 홍대에서 제일 큰 만화방에 가서 몇 시간이고 만화를 보다 왔다. 명작을 빌려다가 따라 그리고 컷 편집을 보며 공부했다.

역시 실력을 단기간에 높이기엔 한계가 있었지만 그래도 만화의 분위기에 따라 어떻게 칸을 나누고 전개하는지 대략 익혔다. 나는 나대로 캐릭터와 이미지를 만들어 마영신 작가님과의 합작 『너의 인스타』를 『고래가 그랬어』에 1년 동안 연재했고 2020년 책으로 출간했다. 2015년 '단결툰'을 할 때보단 수월했지만 속으로 또다시 '그림 공부를 더 해야 한다'는 마음으로 마무리했다.

그런데 만화책방에 다니면서 내가 조금 놀랐던 것은 만화가 예전만큼 재미있지 않았다는 점이다. 『드래곤볼』과 『H2』 그리고 내로라하는 만화 속 그림을 보고 물론 엄청나게 감탄하긴 했다. 만화가들의 안정된 데생 능력과 성숙하면서도 재기 발랄한 레이아웃에 자극받았다. 내용은 TV 애니메이션 시리즈로 봐서 알고 있었지만 애니메이션보다 만화책으로 보는 게 훨씬 재미있었을 뻔했다. 그런데 '내가 이 작품을 좋아하는가' 하면 갸우뚱했다. 나는 이미 20대 후반이었다. 10대에 봤다면 분명 느낌이 달랐겠지만 그때의 나는 이야기라면 영화를 가장 좋아하고 이것저것 정치나 사회를 공부하고 난 뒤여서 그런지 소년만화나 소녀만화, 유명한 고전 만화책이 그닥 재미있게 다가오지 않았다. 아니 재미있지 않았다는 건 말이 안 되고 '취향'이 아니었다. 나는 이제 만화를 좋아하지 않는 걸까, 어디 내가 좋아할 만한 만화 없나, 하고 기웃거려봤지만 어떤 만화를 꺼내 들어도 시큰둥하게 몇 페이지 넘기다 덮어버리기 일쑤였다.

그러다 자주 가던 책방에서 『산책』이라는 만화책을 발견했다. 제목에 '산책'이라는 키워드가 들어가면 어떤 책이든 일단 관심 갖고 맘에 들면 바로 사서 보는 나는 그날 다니구치 지로라는 만화가에게 흠뻑 빠져버렸다. 취향이 완전히 바뀌었음을 직감했다. 어릴 때는 주어진 만화를 곧이곧대로 즐겼다면, 어른이 되어서야 처음으로 '너무 좋다'는 느낌을 받았다. 이제야 취향이 처음 생긴 것일지도 몰랐다. 이제 이런 만화를 봐야 재미있다고 느끼는구나, 생각했다.

이런 만화란 활발하거나 우당탕 소리가 나지 않고 적과 아군의 싸움으로 너무 긴 스토리가 아닌 만화. 대신 '차분하게 삶의 모습을 담은 만화'라고 하면 적당할까. 그러니까 좀 더 현실적이고 어른스러운 내용이 좋았다. 사람들은 대중적인 취향을 비켜난 단권짜리 만화책을 '예술만화', '독립만화'라고 불렀다. 그런 게 가장 재미있었다. 『산책』은 만화보다는 내가 좋아하는 그래픽 노블이나 그림책에 가까운 느낌이 났다. 다니구치 지로의 『겨울 동물원』이나 『우연한 산보』, 『아버지』, 소설을 원작으로 한 『선생님의 가방』도 좋아한다. 그의 작품 중 우리나라에서 가장 유명한 건 『고독한 미식가』지만.

국내 만화가 중에는 마영신 작가님의 만화가 제일 재미있었다. 작가님의 작품은 한두 개밖에 본 적 없었는데 『너의 인스타』를 함께 연재하게 된 후로 전부 찾아봤다. 작가님은 웹툰을 연재하기도 하시지만 웹툰도 만화지에 잉크와 펜촉으로 작업 후 스캔하여 옮기는 방식으로 작업하신다고 한다. 완전 오리지널 만화가 스타일이다. 그래서인지 만화책으로 봤을 때 위화감이 없고 '만화책'을 본다는 느낌이 여실히 난다. 그의 만화 중 재미없는 만화는 한 편도 없다. 내가 한 작가의 책을 전부 다 보기로는 우리나라 작가 중에선 마영신 작가가 유일하다. 우리나라에선 『19년 뽀삐』라는, 한 소년이 청년이 될 때까지 함께 지냈던 반려견을 이야기하는 만화가 많이 알려져 있다.

나는 작가님 만화 중에서 『콘센트』와 『엄마들』이 가장 재미있었다. 두 만화 모두 여성이 주인공인데, 커다란 체구의 남성 작가님이 이렇게나 여자의 인생을 잘 그릴 수 있다니 작가님의 섬세한 관찰력과 통찰력이 놀라웠다. 내용은 꽤나 현실적이고 적나라하다. 『콘센트』는 심지어 19금이다. 그런데 야하지 않다. 오히려 현실 속 남녀의 젠더 의식과 주인공의 외모콤플렉스가 리얼하게 그려진다. 너무 리얼해서 읽다 보면 내 어떤 부분이 들킨 것 같아 부끄러워질 지경이다. 『엄마들』은 무려 중년 여성들의 연애 이야기다. 이 짧은 설명만으로도 어디에서 볼 수 없는 만화라는 걸 짐작할 수 있다. 그의 만화는 너무 솔직해서 때론 시커멓고 때가 묻어 보이기도 하지만 오히려 그렇기에 다른 만화가 하지 못하는 일을 담당한다. 작가님은 기존 만화 클리셰를 반복하며 복제품을 만들어내는 것이 아니라, 자신이 직접 삶에서 자신의 눈으로 본 것을 자신의 방식대로 원본을 만들어낸다. 그 점이 가장 좋다. "와, 나도 이런 사람 알아. 나도 이런 거 겪어본 적 있어." 작가님의 책을 보다 보면 이런 말이 절로 나온다. (마영신 작가님의 만화책을 보고 이런 말이 안 나오는 분이 있다면 부럽다. 굴곡 없는 행복한 삶을 산 거다.)

최근에 가장 좋아하는 만화가는 타카노 후미코와 오카자키 교코다. (마영신 작가님이 만화 공부를 하라며 보내주신 만화가 나중에 알고 보니 타카노 후미코의 작품이었다.) 둘 다 만화책이 국내에 번역된 지 얼마 안 됐다. 타카노 후미코는 2016년에 첫 책이 나와 근 3~4년 사이에 쭉쭉 책이 나왔다. 오카자키 교코 역시 2018년부터 만화책이 번역 출간되었고, 모두 '고트'라는 출판사에서 나왔다. 재미있는 시도를 많이 하는 곳인 것 같아 인스타그램으로 늘 구경했던 곳인데 여기서 타카노 후미코와 오카자키 교코를 설명하는 내용이 흥미로워 관심이 갔다. 출판사 소개글을 보면 '알려질 가치가 있는 책을 선별'하여 펴낸다고 한다. 정말 말 그대로 출판사 덕에 이 책들이 나에게 알려졌고 그만한 가치가 있었으니 적어도 나에게는 출판사의 기치가 실현된 셈이다. 감사합니다!

타카노 후미코는 간호사로 일하면서 만화를 발표했는데 세상에나 지금까지 그린 만화가 40년 동안 고작 단행본 일곱 권밖에 되지 않는다.

그녀는 57년생이다. 그럼에도 각각의 작품이 뛰어나 데즈카오사무문화상 만화대상을 받은 것은 물론 일본에서는 그녀를 '만화가들의 만화가'라고 부르기도 한다.

과연 그녀의 만화를 보고 처음 느낀 감정은 놀라움이었다. 우선 눈이 너무 즐겁다. 그녀는 소녀 활극(『럭키 아가씨의 새로운 일』)부터 젊은 여성의 일상을 담은 짧은 만화(『빨래가 마르지 않아도 괜찮아』), 아이와 청소년의 성장기(『친구』, 『노란책』)까지 폭넓은 주제를 다루는데 하나같이 데생의 완성도가 지나치게 높다. 물론 기존 소년소녀 만화와는 전혀 다른 그림체라 불호가 있을 수 있다. 하지만 그녀의 만화 속 칸의 구성과 앵글, 인물의 표정과 다양한 자세는 기발하고 훌륭했다. 나는 그녀의 만화를 그냥 보기만 하는 것만으로도 그림 실력이 올라가는 듯한 느낌을 받았다. 실제로 그녀의 만화를 여러 번 정독한 후 따라 그리는 연습 같은 걸 하지 않았는데도 예전보다 사람 몸이 다양한 자세로 잘 그려졌다.

나 또한 그렇고 많은 만화가 인물 대화 장면을 그릴 때 아이앵글로 인물의 상반신이나 가슴팍까지 묘사하는 쉬운 방식을 선택한다. 하지만 그녀는 아주 평범한 대화 장면을 로우앵글이나 하이앵글을 과감하고도 아름답게, 신선하고 자유롭게 사용한다. 그런 시도가 시선의 흐름을 방해하기는커녕 지루하지 않고 다채로운 분위기를 만든다. 이렇게 작은 칸으로도 다양한 앵글을 시도할 수 있구나, 반성하게 된다. 앵글이나 레이아웃뿐만 아니라 시원시원하고 단순한 선으로 완벽한 인체를 그려낸다. 그림을 좋아하거나 공부하고 싶은 분이라면 반드시 도움 될 것이다. 「원령공주」, 「센과 치히로의 행방불명」, 「공각기동대」 등 작품성 높은 작업에 자주 참여한 천재 애니메이터 안도 마사시는 타카노 후미코의 팬이라며 그녀의 인체 표현에서 영감을 받았다고 한다.

만화 내용도 재미있다. 캐릭터들은 산뜻함, 진중함, 귀여움이 넘친다. 살면서 누구나 한 번쯤 해봤음 직한 엉뚱한 발상을 잘 다루는데, '어떻게 이런 귀여운 생각을 할까!' 얼굴에서 미소가 사라지지 않는다.

개인적으로 좋아하는 작품은 『노란책』이라는 만화. 한 소녀가 『티보가의 사람들』이라는 책에 빠져든 모습을 다룬다. 소녀는 소란스러운 가족들 틈에서 마지막까지 작은 전등불 아래 책을 읽고, 학교에서도 길을 가다가도 책을 생각한다. 소녀는 마음속에서 책 속 사람들과 대화하기도 한다. 보시다시피 줄거리가 엄청난 사건이 벌어지는 것은 아니지만, 책에 흠뻑 빠져본 적 있는 사람이라면 이 만화를 사랑할 수밖에 없다. 『친구』라는 만화도 한 편의 아름다운 영화 같아 매우 아낀다. 어린아이들의 감정선과 표정을 이렇게 예쁘게 그릴 수 있다니. 이 만화책을 보면 만화에서 소리가 들릴 수 있다는 것, 공기나 속도를 느낄 수 있다는 걸 알게 된다. 특히 섬세한 성정을 지닌 사람들에게 추천드린다.

타카노 후미코와 오카자키 교코는 작품이 서로 완전히 정반대 분위기를 띠지만 두 가지 공통점이 있다. 하나는 둘 다 데즈카오사무문화상 만화대상을 수상했다는 것. 또 다른 하나는 둘 다 작품 수가 많지 않다는 것. 오카자키 교코 역시 명작을 그렸다는 평가를 받지만 몇 권의 출간 후 1996년 교통사고를 당하고 나서 작품 활동으로 복귀하지 못한 채다. 국내에 그녀의 만화는 단 다섯 권 출간되어 있다.

그녀의 만화는 청춘들이 흔들리고 흔들린다. 성性, 폭력, 피, 사랑, 돈이 뒤엉켜 있지만 이야기는 왠지 청량하다. 작은 얼굴에 커다란 눈을 한 캐릭터들이 무척 예쁘다. 그러나 그 얼굴은 어딘가를 바라보며 무표정을 짓고 있다. 까만 도시 뒷골목과 뽀얀 젊은 얼굴의 대비가 그들의 외로움과 몸부림을 더 강조하는 것 같다. 섹스나 폭력을 다룬다 하더라도 거기에 지나치게 확대경을 들이밀어 선정적이라는 느낌은 들지 않는다. 오히려 슬픔이나 서정적인 느낌을 자아낸다. 청춘들은 세상으로부터 이리저리 내몰릴 뿐이다. 공허하면서도 덤덤하다. 그러면서도 사랑을 하고 세상

을 관찰한다.

처음 오카자키 교코의 책을 봤을 때 중간중간 나오는 내레이션이 너무 좋아 그 부분만 읽고 또 읽었다. 말풍선 속 등장인물 간 대화도 좋지만 너른 바탕에 적힌 등장인물이 속으로 하는 생각은 어딘가 시를 닮았다. 그러면서 스토리 라인이 시원시원하다. 책을 다 덮고 나면 깔끔하게 떨어지는 드라마 구성에 감탄하게 된다. 그녀가 작업을 계속하지 못하는 것이 너무 아쉽다. 계속 작업을 했다면 지금은 어떤 만화가 나왔을까? 세상이 변하는 모습을 그녀는 어떤 눈으로 바라보고 무엇을 포착해냈을까?

좋아하는 만화가 잔뜩 생기고 나자 나는 다시 만화가 그리고 싶어졌다. 특히 '에세이 만화'라는 장르가 있다는 것이 큰 발견이었다. 꼭 극이 아니더라도 에세이를 만화로 풀어낸다면 하고 싶은 말도 많고 너무 재미있을 것 같았다. (사실 엄청 새로운 건 아니고 요즘 인스타그램에서 자주 보이는 인스타툰, 일상툰도 넓게 보면 에세이 만화 중 하나다.) 이런 생각으로 처음으로 짧은 단편 만화를 그렸고 새로 나오는 내 신간에 실릴 예정이다. 기회가 된다면 앞으로 만화의 입을 빌려 이것저것 말해보고 싶다.

나를 놀라게 할 새로운 만화 또 없나, 하다가 요사이 야마다 무라사키의 『성질 나쁜 고양이』라는 보물을 발견했다. 마영신 작가의 책이 재미있었다면 백종민 작가의 만화도 추천한다. 『하늘에 두둥실』이라는 제목으로 무려 588쪽에 달하는 만화를 한데 모았다. 나는 개인의 삶, 그가 삶에서 느낀 것과 내면을 지나치도록 솔직하게 고백하는 만화가 좋은데, 이 만화책이 그렇다. 출판사에서 소개한 글에 따르면 "작가의 정신증의 기원과 발전 양상, 증상 등을 작품 곳곳에서 엿볼 수 있는데, (……) 백종민 작가는 꾸준한 치료를 병행하며, 자신의 상태를 예술가로서 관찰하고 표현하는 과정을 통해 증상의 많은 부분을 해소하고 승화해가고 있다." 빽빽한 흑백 만화를 한 장 한 장 넘기다 보면 하나의 작은 역사, 동시대를 살아가는 인간의 소우주를 훔쳐보는 기분이다.

좋아하는 만화가 너무 많아졌다! 소개는 여기까지. 다 열거하다 보면 이 글이 끝나지 않을 것만 같다.

아 무 튼
산 책

산책을 다루는 책이라면 주저 없이 사버린다. 다니구치 지로의 만화 『산책』을 만나기 전에는 단연 헨리 데이비드 소로의 『산책』이 내 마음을 지배했다. 헨리 데이비드 소로의 『산책』이라는 책이 있었기에 나는 오래도록 산책이라는 행위를 사랑할 수 있었다. 오가와 요코의 『걷다 보면 괜찮아질 거야』와 서울의 빈민들 이야기를 담은 『가난한 도시생활자의 서울 산책』, 오래도록 나무를 관찰한 이야기를 담은 『도시의 나무 산책기』 등 산책이라는 행위 자체에 집중하지 않더라도 산책이라는 키워드로 자신만의 이야기를 풀어내는 책을 모두 사랑한다.

하지만 지금 내게 산책 책 중 베스트는 다니구치 지로의 『산책』이다. 아니 『산책』은 내가 가진 거의 모든 책 중에서도 다섯 손가락 안에 꼽힌다. 그 정도로 이 만화책을 매우 좋아한다. 내가 만들고 싶은 이야기의 '이상형'에 가깝고 내가 가진 모든 책 중 가장 나와 닮았다. 나는 이런 책을 추구하고 싶다. 굉장히 차분한 분위기의 만화다. 그러면서도 엉뚱하고 귀여운 구석이 있다. 만화지만 대사가 많이 나오지 않고 이렇다 할 스토리나 갈등도 없다. 안경 낀 중년 남성이 터벅터벅 기회가 될 때마다 여기저기를 걸어다니는 내용이 전부다. 그렇지만 이 책은 아름답다. 대사가 없기 때문에 느낄 수 있고 서사가 없기 때문에 나의 추억을 상기시킬 수 있다. 이 만화 속 장면이 조용하고 고요하기 때문에 내가 산책했을 때의 느낌이 더욱 생생하게 다시 떠오른다. 본디 산책이란 끊임없이 차분해지는 행위라고 생각한다. 아무리 활기찬 곳을 걷는다 해도 그 길을 다른 누군가와 함께가 아닌 홀로 산책하는 중이라면 내면은 자기 자신에게로 방향을 비추어 그 행위는 조용해질 수밖에 없다. 입을 꾹 다물고 세상을 바라보고 자극을 받는 동안 내 안의 감정은 분주하되 소리 없이 제 자리를 찾아간다. 그런 게 다니구치 지로의 그림에 담겨 있다.

이 만화책은 그림이 매우 정교하다. 한 컷 한 컷을 떼어서 보면 모두 하나의 작품 같고 가끔 한 페이지나 두 페이지에 걸친 전면 그림이 나오면 설명할 수 없는 기분이 들며 내가 정말로 탁 트인 곳에 도달한 것 같은 느낌을 받는다. 에피소드마다 전면에 걸친 풍경이나 전면에 걸치진 않았더라도 압도적인 느낌의 풍경 장면이 등장하는데 이는 실제로 우리가 산책하는 모습과 닮아 있다. 서울을 예로 들더라도 그렇다. 도시 곳곳을 산책하다 보면 산이나 골목길을 자주 만난다. 산지 위에 세워진 이 도시를 다니다 굽이굽이 오래된 집이 울창한 오르막길을 만나면 그곳을 꼭 오르고야 말겠다는 강한 충동이 든다. 오르막길을 오르는 데 집중하며 한참 올라가다 어느새 고개를 뒤로 돌리는 순간 혹은 특정 장소에 다다르는 순간 아래로 예상치 못했던 마을 풍경이 화르르 펼쳐진다. 야경 명소가 아니라도 그냥 길을 가다가 어떤 건물과 건물 사이로 도시는 불현듯 내려다보인다. 연희동, 후암동, 이문동 등 산이 있는 서울 동네라면 반드시 이런 곳이 있다. 재미있는 점은 나는 별다른 기대 없이 길을 올랐는데 코너를 돌면 새로운 풍경이 느닷없이 쏟아진다는 점이다. 예고 없이 다가오기에 더욱 놀랍고 반갑다. 그런 것처럼 이 만화책에도 어느덧 내려다보이는 도시 풍경, 어느덧 음습해오는 밤하늘, 넓은 공원에 가득한 사람들, 울창한 숲속이나 탁 트인 천변 풍경이 탁! 하고 등장한다. 그런 점이 현실의 산책과 닮아 있다.

　주인공이 계속 산책을 하는 내용이지만 그 안에 소소한 사건이 벌어진다. 다니구치 지로는 이야기가 워낙 단순한 구조이기 때문에 주인공에게 약간 독특한 성격을 부여했다고 한다. 가령 길을 걷다 수영장을 만나면 옷을 다 벗고 들어가 수영을 한다든가 정장을 입고서 내리는 비를 맞는다든가 하는 식이다. 나무에 걸린 장난감 비행기를 손에 넣으려 나무를 타던 주인공은 집에 돌아와 직접 장난감 비행기를 만들어보기도 한다. 어른이 되어도 내면에 아직 남아 있는 엉뚱한 행동을 하는 아이가 불쑥불쑥 튀어나오는 것 같다.

　내가 가장 좋아하는 에피소드는 11화 '골목을 빠져나가다'이다. 대사는 단 한마디도 나오지 않는다. 대신 주인공이 골목길을 빠져나가며 리코더를 부는 초등학생 무리를 스쳐 지나간다. 그 후 할머니, 길고양이를 만나고 할머니에게 길을 알려주기도 한다. 그러다 모험심이 발동한 주인공은 옆으로 돌아서 걸어가도 지나갈까 말까 한 아주 좁은 길을 아슬아슬하게 지나간다. 길을 빠져나오니 방금 길을 알려준 할머니와 리코더를 불던 아이들과 다시 마주친다. 이게 내용의 전부다. 한낮의 일상적인 골목길 풍경, 온화한 표정을 지은 어르신과 태연한 아이들과 잠깐 마주친 순간을 펜화로 세밀하게 담아내서 세상의 단단함이 느껴진다.

『산책』은 그림이 워낙 정교해 더 큰 크기로 컬러 완전판 버전이 한 번 더 출간됐다. 개인적으로 책이 접히는 부분 없이 쫙 펼쳐지는 판형이라면 어떨까 했는데 정말로 그런 책이 나와 기뻐서 바로 주문했다. 기존 만화책보다 그림이 더 커져 섬세한 풍경 묘사가 더욱 잘 보였고 없던 내용까지 추가된 게 마음에 들었다. 이 책이 궁금하다면 완전판 버전을 추천하고 싶다.

다니구치 지로가 산책에 대한 이야기를 한 것은 이 책이 처음은 아니다. 비슷한 콘셉트로 『우연한 산보』가 있다. 거의 비슷한 내용이지만 이 책은 글 작가가 다른 사람이라 분위기가 아예 다르다. 나는 『산책』이 더 좋긴 하지만 『우연한 산보』 역시 정말 아끼고 아낀다. 그 외에도 『에도 산책』, 『일본 맛집 산책』이라는 책도 있다. 나는 아무래도 『산책』이 가장 좋다.

처음 이 책을 봤을 때 당황했다. 내가 궁극적으로 만들고자 하는 책이 이미 존재한다는 느낌을 받았기 때문이다. 반갑기도 했지만 한편으론 내가 할 일이 없어졌다는 느낌이기도 했다. 내 책 『보통의 것이 좋아』는 주어진 것을 긍정하는 그림 에세이에 방점이 찍힌 것처럼 보이지만 실은 산

책에 대한 나만의 찬양을 담기 위해 쓴 책이었다. 산책에 관해서는 할 얘기가 아직 많이 남아 벌써 다음 책을 기획했고 얼마 전엔 계약서까지 썼다. 다니구치 지로의 『산책』을 이길 자신은 없지만 나에겐 나만의 그림과 모양새가 있으리라 믿는다. 내 식대로 밀고 나가 책을 만들 수밖에 없다.

생뚱맞은
곳에
솟아난
버섯

잡초에
파묻혀버린
벤치

떼쓰는 강아지,
할머니와 손녀

오리 가족

하교하는
아이들

하늘, 나무,
공기, 물

내가
걸으며 보는 것들

그 림 책 의
매 력

인터넷 서점에 들어가면 스물여덟 개 카테고리가 있지만 '그림책'이
라는 단어는 없다. 대신 '어린이', '유아', '전집' 카테고리가 보인다. 그림책
은 대부분 여기에 속한다. 나는 그림책은 '예술' 카테고리에 어울린다고
생각하는데, 예술 카테고리에서 그림책은 나오지 않는다. '어린이' 카테고
리를 누르면 세부 카테고리가 나오지만 여기에도 그림책은 없다. '유아'라
는 단어를 눌러야 드디어 '유아 그림책'이라는 단어가 등장한다. 그 아래
'100세 그림책'이라는 세부 카테고리가 하나 더 있다. 꼭 유아가 아니더라
도 인생 전반에 걸쳐 누구나 즐길 수 있는 그림책을 뜻하는 듯하다. 그런

데 '100세 그림책'의 상위 카테고리는 '유아'다.

　나 또한 20대 중반까지 그림책은 아이의 것이라고만 믿었다. 부모님이 침대에서 아이에게 읽어주는 책, 그러니까 그림이 많이 나오고 글은 적은 책. 내 마지막 기억 속 그림책은 어릴 적 읽은 전집이었고, 그 후로 그림책을 제대로 본 적은 한 번도 없었다. 서점에 가도 유아 코너는 내 영역이라 생각하지 않았다. 속으로 귀엽다고만 생각했을 뿐. 그런데 출판사에 다니는 친구 S를 만나 모든 생각이 바뀌었다(나로 하여금 책을 사서 보게 만든 바로 그 친구다).

　어느 날 S는 어린이 출판부에서 일하게 되었다면서 그림책을 만드는 이야기를 들려줬다. 마침 그즈음 나는 서천석의 '아이와 나'라는 육아 팟캐스트를 듣고 아이들과 아이들 책에 관심을 갖던 때였다. S는 이 세상에 정말 좋은 그림책이 많다면서 자신도 좋은 책을 만들고 싶은 열망을 열띤 어조로 이야기했다. 어린이용이라고 해서 쉽기만 한 것은 아니라고 때로는 철학적이고 차원을 넘나드는 이야기를 하는 책도 많다고. 그런데 좋은 글, 좋은 그림을 찾기 어려워 애를 먹고 있다고 했다. 나는 속으로 항상 S를 존경하고 있었다. 그녀는 총명하고 똑똑하고 늘 자신이 알게 된 아름다운 것을 주변 사람에게 하나도 빠짐없이 알려주는 사람이었다. 촉수를

곤두세우고 이 세상을 구석구석 살핀 후 예민한 감각으로 훌륭한 작품을 귀신같이 수집하는 믿음직한 친구였다. 열정적인 S의 어조에서 그녀가 그림책이라는 장르를 얼마나 인정(?)하는지 느꼈다. 그림을 그린 지 얼마 안 됐을 때라, 그녀의 열정에 감탄하면서도 한편으론 나와는 무관한 세상 얘기일지도 모른다고 생각했다.

그러던 어느 날 S가 나를 그림책 카페에 데리고 갔다. 8년 전쯤일 거다. '달달한 작당'이라는 카페로 시간제로 돈을 내면 만화방처럼 그림책을 자유롭게 꺼내 볼 수 있는 곳이었다. (지금은 문을 닫았고 같은 주인이 연희동에서 '페잇퍼'를 운영한다.) 연남동 경의선 숲길 근처에 빈티지한 인테리어 건물 2층에 들어서자 우드 책장이 놓인 따뜻한 인테리어가 마음을 녹였다. 그림책은 입구부터 쭉 진열되어 있었다. 안쪽으로 더 들어가면 그림책뿐만 아니라 예술 서적이나 만화책도 가득했다. 아늑한 분위기와 좌식으로 앉는 자리 너머 창밖으로 초록 나무가 넘실거렸다. 탁 트이지 않고 여러 방으로 공간이 나뉘어져 미로를 탐험하는 듯했다. 여기저기에 그림책이 끝없이 쌓여 펼쳐지는 정경에 매혹되었다. 행복했다. 책을 하나하나 구경하는데 세상에 이렇게 예쁘고 아름다운 그림책이 많은 줄 몰랐다. 나는 늘 좋은 그림을 찾으려 애쓴다고 생각했는데 왜 그림책이라는 장르를 제대로 알아보려 하지 않았을까?

아이들이 보는 쉬운 책인 줄로만 알았는데 아니었다. S의 말처럼 예술적인 책, 철학적인 책은 물론 아이디어가 재기 발랄하여 웃음이 나오는 책이 가득했다. 무엇보다 훌륭한 그림이 너무 많았다. 그림책 카페가 아니라 미술관에 온 것 같은 느낌이었다. '이 세상에 난다 긴다 하는 그림쟁이들이 다 그림책을 만들고 있었구나.' 그 후로 홍대에 갈 일이 생기면 몇 번이고 달달한 작당을 다니면서 눈에 불을 켜고 좋은 책을 찾았다. 그땐 내용보다 그림을 보는 데 흠뻑 빠졌던 것 같다. 지망생일 때라 '어떻게 하면 그림을 잘 그릴 수 있을까'가 가장 고민이었기 때문이다.

손 탠, 앤서니 브라운, 로베르토 인노첸티. 완성도 높은 그림과 꽉 찬 채색, 세밀한 묘사가 마음을 사로잡았다. 특히 로베르토 인노첸티의 『빨간 모자』와 『그 집 이야기』는 지금도 자주 펼쳐본다. 『빨간 모자』는 우리가 아는 그 내용이 아니라 성폭력에 관해 매서운 통찰력과 시선을 담은 현대식 동화다. 아동 성폭력의 현실과 원인을 빨간 모자 이야기를 빌려 소름 돋을 정도로 멋지게 그렸다. 이 책 한 권으로 열띤 토론을 벌일 만큼 압축적이고 놀라운 그림책이었다. 앤서니 브라운은 워낙 작품이 많아 조금씩 꾸준히 계속 모으는 중인데, 아직까지는 『공원에서』라는 책을 가장 좋아한다.

그러다가 한동안 또 마음이 소홀해졌다. 아르바이트를 하고 만화 연재를 하고 이리저리 삶에 치이느라 정신이 없었다. 프리랜서로 바쁘게 살면서도 '난 뭘 하고 싶지? 나중에 어떤 작업을 하게 될까?' 하는 고민에 오래도록 시달렸다. 애니메이션 감독이 되려고 여러 시도를 했지만 뭔가 자꾸 어영부영하던 어느 날, 우연히 어떤 블로그를 발견했다.

'그림책, 식물, 그리고 그린핑거'라는 제목의 블로그였다. '그린핑거'라는 블로그 주인은 아이들에게 마음먹고 그림책을 읽어준 후로 그림책 매력에 빠졌다고 한다. 2006년부터 소곤소곤 짧은 글을 공유해오던 그는 아이들에게 '200번 읽어준 그림책'을 한 권 한 권 소개하기 시작했다. 아스트리드 린드그랜, 북유럽 아동문학, 일본 그림책과 일본 그림책 역사에 대한 이야기로 빼곡하게 블로그를 채웠다. 상냥하고 친절하게 그림책을 소개하는 글을 읽다 보면 예사롭지 않다. 그의 블로그에 깊이 빠져 예전 글까지 읽어보니 아니나 다를까 예전에 어린이책을 만드는 일을 했단다. 이 블로그는 마치 잘 만들어진 한 권의 책 같다. 아이들과의 에피소드나 식물 이야기가 재밌다. 어떻게 이 블로그를 알게 되었더라? 기억은 안 나지만 하여튼 근 몇 년간 가장 즐겨 찾는 블로그다.

무엇보다 그림책 소개를 정말 성실히 해주고 국내에 출간되지 않은 일본 그림책을 많이 알려줘 눈이 뜨였다. 그림책이 무궁무진하다는 것쯤은 짐작했지만, 내 예상을 훨씬 뛰어넘었다. 블로그에서 소개하는 그림책 작가의 개인적인 삶과 철학 이야기가 흥미로웠다.

　그중 가장 눈에 띈 건 니시무라 시게오. 아쉽게도 국내에는 그의 책이 많이 번역되어 있지 않다. 하지만 블로그에 소개된 니시무라 시게오의 그림과 이야기에 완전히 빠져버렸다. 『야행열차』와 『목욕탕』이란 책은 그림을 보자마자 내가 애타게 찾던 그림체임을 바로 알았다. 드디어 만났다는 기분이었다. 어떻게든 책을 구해야겠다는 마음밖에 들지 않았다. 이런 얘기를 남편에게 했더니 (남편은 일본에서 일한 경력이 있어 일본어를 잘한다.) 니시무라 시게오 책을 잔뜩 해외 배송해주었다. 지금은 국내 인터넷 서점에서도 외국책을 주문하곤 하는데, 그때는 미처 몰랐다.

　책을 받자마자 감탄했다. 이거다! 싶었다. 『야행열차』는 말 그대로 한 가족이 밤기차를 타고 도착하기까지의 여정을 아무런 글 없이 그림으로만 전개하는 책이다. 눈이 내리는 겨울밤 드넓은 대합실에 모인 수많은 사람, 친절한 역무원, 온갖 잡지와 과자를 파는 카트, 갖가지 짐. 어두워지자 사람들 잠든 모습이 죽 이어진다. 정겨운 그림체다. 추운 겨울이지만 따스한 색감과 포근한 터치에서 온기가 느껴진다. 사람들의 오밀조밀한 모습도 공감 가고 귀엽다. 글자는 없지만 군데군데 관찰하다 보면 이야기가 읽힌다. 읽힌다기보다 각자 경험을 배경삼아 만들어나가는 식이다. 분명 나도 어릴 때 엄마를 따라 차가운 기차를 탄 적이 있다. 그런 기억에 빠져들다 보면 기차를 타고 어딘가로 가고 싶어졌다. 세상에 이런 그림책이 있다니. 이전에 봤던 어떤 책보다 좋았다.

『목욕탕』 역시 글이 없다. 한 가족이 다 같이 목욕탕에 들어가 옷을 벗고 탕에서 만난 친구와 물놀이를 하고 때를 벗기는 장면이 전부다. 마지막 장에선 다 씻고 나서 어느덧 초저녁이 된 거리로 나와 개운해진 몸을 이끌고 집으로 돌아가는 가족의 뒷모습이 나온다. 다 보고 조금 눈물이 날 것 같았다. 익숙하지 않은 곳에 가족이 다 같이 집 밖을 나설 때면 언제나 엄마 아빠의 손을 꼭 잡았다. 어둠이 내려앉은 거리를, 저 멀리 어딘가에서 오토바이가 달리는 소리가 나고 저녁밥 짓는 냄새가 나는 작은 골목길을 걸었다. 그런 날이 이 책에 그대로 담겨 있었다.

그 후로 니시무라 시게오의 다른 그림책을 쭉쭉 샀다. 니시무라 시게오뿐만 아니라 핀터레스트나 그린핑거 블로그를 계속 염탐하며 내가 좋아하는 어린 시절 향수가 담겨 있거나 따뜻한 톤으로 우리네 일상을 그린 그림책을 하나둘 모았다. 남편과 함께 일본에 가게 되면 으레 그림책 서점에 들렀다. 인터넷으로 작품을 찾는 것은 한계가 있었다. 서점에 가면 또 새로운 그림, 새로운 작품이 멈추지 않고 나왔다. 히구치 유코, 하야시 아키코, 오카모토 요시로의 그림에 흠뻑 빠졌다. 특히 다니카와 슌타로 글, 오카모토 요시로 그림의 『살아 있다는 건』을 보고 큰 감동을 받았다. 아, 나도 이런 책을 만들고 싶었다.

사람들이 살아가는 모습을 그리고 싶었다. 오직 그림으로만 된 책을 만들고 싶었다. 마침 단기적인 호흡의 외주 작업을 조금 버거워하던 참이었다. 이제는 좀 더 긴 호흡으로 하나의 작품에 진득하게 몰입하고 싶어졌다. 사실 그림책 관련 제안을 많이 받았지만 그동안 모두 거절했다. 아직 준비가 되지 않았다고 느꼈고 바깥에서 오는 기획이 아닌 내 안에서 나오는 그림을 그리고 싶었기 때문이다.

아이디어 노트에 그림책 기획을 계속 쌓아나갔다. 더미북을 만들어서 출판사에 투고해야지. 마음먹었는데 어느 날 메일함을 열어보니 모 출판사 그림책 출판부에서 책을 함께 만들어보자고 연락이 왔다. 미팅 후 바로 기획안을 보냈고 계약서 작성. 일이 이렇게 풀리다니 운이 좋았다. 앞으로는 그림책으로도 인사드리겠습니다, 기대해주세요!

그런데 아이들을 위한 그림책보단 전 연령대를 위한 그림책을 만들고 싶다. 요즘은 그림책을 모으거나 관심 있어 하는 어른이 여기저기서 종종 보인다. 더 많은 어른이 그림책의 매력에 빠졌으면 좋겠다. 막상 보면 생각보다 재미있다. 고양이와 외계인이 나오는 데이비드 위즈너의 『이봐요, 까망 씨!』를 보고 미소 짓지 않을 어른은 없지 싶다. 고양이를 좋아하는 사람이라면 『고양이는 집 보는 중?』이란 그림책을 당장 소장하고 싶어질 테다. 주변에 집사가 있다면 선물하기 딱이다.

그림책의 세계는 정말 무궁무진하니, 자신의 취향을 찾아 나서는 여정을 떠나본다면 어떨까. 나 역시 어른이 되어서야 진정 그림책에 열광하게 된 것처럼 더 많은 어른이 그림책의 매력을 알아 인터넷 서점에 더 이상 '유아'나 '어린이'가 아닌 '그림책'이라는 단독 카테고리가 생기면 얼마나 좋을까.

글이 없는 그림책이 가진 장점이 있다. 비어 있는 부분을 읽는 이가 채울 수 있다는 것. 그리고 글자가 지목하는 것이 없기에 내가 바라보는 모든 것이 주인공이 된다. 글이 없는 그림책을 그리는 작가로 안노 미쓰마사를 참 좋아한다. 분명 스토리가 없는 것 같지만 그림을 보다 보면 빠져든다. 그의 '여행 그림책' 시리즈는 마치 박물관에서나 볼 법한 정교한 유물을 보는 듯한 기분이다. 국내에 번역되지 않은 『책이 좋아』, 『책을 읽어』 라는 책이 있는데, 표지에 아름다운 꽃이 수채화로 그려져 있다. 무슨 책일까? 아무런 내용 소개가 없지만 심심한 제목과 그림체가 마음을 당긴다. 그의 책 목록을 쭉 보면 전부 제목이 단순하고 그림이 고요하다. 또 어떤 그림이 담겨 있을까? 또 어떤 세상이 그려져 있을까? 하는 마음으로 그의 책을 모두 다 갖고 싶어진다.

아이고. 얘기를 하다 보면 또 길어질 것 같다. 여하튼 그림책 속 아름다운 그림은 나를 설레게 한다. 더불어 이 세상에 존재하는 그림책의 0.1%도 보지 못했다는 사실에 가슴이 두근두근한다. 적어도 내게는 재미없는 그림책은 단 한 권도 없다. 앞으로 살아가면서 죽을 때까지 보고 또 봐도 다 못 보리라 생각하면 행복하다. 독자로서 얼마나 많은 그림책을 만나게 될까, 이 세상에 새로운 그림책이 또 얼마나 나올까. 상상만 해도 기분이 좋아진다. 그림책만 보아도 삶이 절대 지루해지지 않을 게다.

집사들에게 선물하면
적중률 100%. 반응이 좋을책

"엄마고양이 아기고양이"라는
뜻

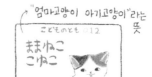

국내에는 나오지 않았지만
그림이 매우 귀여운 책!

시리즈로 여러권 있다!

↳ 이토 준지치고 귀엽고
옮긴 만화

↳ 사적인 만화

재기 발랄한
고미 타로

고미 타로는 『그림책 작가의 작업실』이라는 책을 읽다가 알게 됐다. 평소에 나는 그림책을 고를 때 내용보다는 그림이 얼마나 (나에게) 좋은 지를 기준으로 선택하곤 했다. 아마 이런 기준으로 서점에서 고미 타로의 그림책을 만났다면 심심하다고 생각했을 수도 있다. 그런데 그가 인터뷰에서 한 말이 정말 인상적이라 이 작가의 그림책을 꼭 봐야겠다고 생각했다. 그는 인터뷰에서 이렇게 말한다.

"책과의 만남이라는 건 개개인의 인생에 걸친 사건이라고 생각해. 그 만남은 중매 같은 게 아니라 좀 더 드라마틱한 것이라고 보는 거지."

"어릴 때 추천 도서는 재미없었어. 우연히 만난 책만 읽었지. 분명 무의식적으로 나 스스로가 그런 책을 원한 것일지도 모른다고 생각해."

"내 그림책은 기본적으로 '나는 이런 것을 좋아하고 생각하지만 너희들은 어때?' 하고 말하는 것뿐이거든."

그는 참 자유로운 사람 같았다. 어딘가에 얽매이기보다 자신이 세상을 바라보는 느낌을 있는 그대로 받아들이고 아이처럼 사는 사람. 나도 그런 생각을 한 적이 있다. 책장을 죽 둘러보며 오래도록 갖고 있는 책과 어릴 때 학교 도서관에서 눈에 들어온 책은 어떻게 나를 만난 걸까. 나는 어쩌다 저 책을 고르고 사고 읽어왔을까, 궁금했다. 고미 타로의 말처럼 무의식적으로 내가 원하는 책을 고르고 있었을지도. 그걸 깨닫고 나서 책장을 다시 둘러보니 과연 주제나 모습이 나라는 사람과 매우 닮아 있었다. 산책을 즐기고, 도서관을 좋아하고, 이 세상이 어떻게 굴러가는지 알고 싶고, 가장 현실적이고 사실적인 세계에 사는 개인을 파고드는 책이 가득했다.

고미 타로의 쿨한 언어에 이끌려 그의 책을 사기 시작했다. 가장 먼저 고른 책은 『누구나 눈다』였다. 앞에서도 말했듯 나는 평소 그림체로 그림책을 많이 선택했지만 요즘 점점 이야기나 아이디어가 좋은 그림책을 찾아보던 차였다. 제목을 보자마자 거부할 수 없는 강한 매력을 느꼈다. 한국어판에서는 『누구나 눈다』라고 번역되었지만 일본어 제목은 '민나 웅치.' 나는 이 말을 '모두 웅가', '모두 웅가해'라고 이해했다. 모두 웅가한다니. 이런 제목이 달린 책은 도저히 안 사볼 수가 없다.

생명체라면 모두 밥을 먹고 모두 똥을 눈다. 이는 모두가 알고 있는 지극히 당연하고도 평범한 사실이다. 하지만 온갖 생물이 제각각 다른 모양과 다른 냄새, 다른 온도를 가진 똥을 다른 방식과 다른 공간에서 누는 그림을 한 장 한 장 넘겨보면 모두 똥을 눈다는 사실이 왠지 새삼스럽고 신비롭고 비밀스럽게 다가온다. 지극히 당연한 사실을 다루면서 생명 전체를 향한 평등한 시각을 드러내는 이 단순한 이야기가 놀랍다. 사실 똥을 누는 이미지는 여러 예술 매체에서 금기시되는 장면이 아닌가. 사진이나 영상으로 본다면 역겨울 만한 장면도 고미 타로의 그림책에서만큼은 혐오스럽거나 더럽지 않다. 뿐만 아니라 우리가 매일 누구나 행하는 그 행위를 친근감이 느껴지도록 그려서 피식 미소가 지어진다.

그림책이 아이들에게 교훈적인 이야기를 하는 것을 싫어하진 않지만 고미 타로처럼 책이라는 것을 삶에서 만나는 우연한 사건으로, 재미있는 놀이로 대하는 작가를 만나면 왠지 신난다. 분명 나에게도 의미보단

난 이런 걸 좋아 하는데, 너희들은 어때?

이럴때 너라연?

넌 어떻게 할래?

바다건너 저쪽

모두에게 배웠어

저런, 벌거숭이네!

똑똑하게 사는 법

그림자 비행기

누구나 눈다

장난에 가깝고 인간이 정한 규율보단 자연의 이치에 가까운 것을 따르고 즐기는 어린아이가 아직 남아 있는 거겠지.

책을 다 본 후 발랄해진 생각을 즐기다가 얼핏 뒤표지에 적힌 발행 연도를 봤다. 1981년! 무려 내가 태어나기 10년 전의 책. 이 그림책은 40년을 살아왔구나. 모두 눈다는, 이토록 광범위하고 즐거운 진실을 책 곳곳에 유머러스하게 그린 그림책이니 오랜 사랑을 받지 않을 수 없다는 생각이 든다.

고미 타로의 『똑똑하게 사는 법』은 요즘 내가 가장 좋아하는 그림책이다. 어찌나 재미있는지 다시 보면 볼수록 '그렇지!' 하고 무릎을 탁 치게 된다. '잠을 제대로 자는 법'이라는 말을 보면 어른들은 무엇을 떠올릴까? 적당한 시간이 되면 양치를 하고 잠옷을 입고 침대에서 이불을 덮고 불을 끄는 전형적인 수면 장면을 떠올리기 쉽다. 그런데 그의 그림책에서는 수업 시간 졸음이 쏟아져 떨어지는 고개를 주체할 수 없는 아이 얼굴이 그려져 있다. "제대로 된 잠은 이런 식으로 우리에게 찾아와요. 제대로 된 잠은 그 누구도 방해할 수 없어요. 선생님도, 반장도, 부모님도 절대 막아서는 안 돼요"라며 아이가 도로에서 잠이 들어도 어른들은 아이를 기다리는데 이 장면이 정말 웃기다. 그림 속 세상은 아이가 어른의 룰을 따르는 것이 아니라, 어른이 아이의 생리현상을 따른다. 생각해보면 지금의 나는 밤마다 잠을 자려고 노력하지만 분명 어릴 때는 동물처럼 한바탕 뛰어놀고 집에 돌아오면 까무룩 잠이 들곤 했다. 이런 동물적인 자연의 이치를 존중해야 한다는 짧은 에피소드가 무척 정감 간다.

　'곤충 채집을 제대로 하는 법', '도시락을 제대로 싸는 법', '쓰레기를 제대로 분류하는 법', '마라톤을 제대로 하는 법', '생선을 제대로 먹는 법', '눈사람을 제대로 만드는 법'이라는 제목을 보면 여러분은 어떤 방법들이 떠오르는가? (내가 좋아하는 에피소드들이다.) 『똑똑하게 사는 법』은 여러분이 상상하는 방법과는 전혀 다르지만 무엇보다 진실에 가까운 '방법'이 나온다. 어른들이 생각하는 그런 '방법'이 아니다. 특히 나는 '눈사람을 제대로 만드는 법' 에피소드를 가장 좋아한다. 웬만하면 주변 사람들에게 책 추천을 하지 않지만 이 그림책은 보는 사람마다 사서 보라고 하고 싶어진다. '눈사람을 제대로 만드는 법'을 알려주기 위해서라도 말이다. 여러분도 궁금하면 한번 찾아보시길!

　본디 '방법'이란 게 뭘까? '똑똑하게 사는 법'이란 뭘까? 어른들은 아이들을 착하고 바르게 그리고 규칙을 잘 따르도록 키우는 데 집중한다. 그리고 자신들도 '올바른 방법'을 찾으려 노력하고 그렇게 하지 못할까 봐 불안해한다. 특히 학교에 들어가는 순간 아이들은 더 이상 말썽을 피워선 안 되며 재미있지만 이상한 소리를 더 이상 입 밖에 내어선 안 된다고 배운다. '좋은 아이'가 되기 위해 마치 단 하나의 방법만이 있는 것처럼 온 세상이 한 가지 방법을 이야기한다. 훌륭한 결과를 내기 위한 방법에 대해서만 탐구한다.

하지만 사실 어른들이 해야 할 일은, 방법은 절대 하나가 아님을 알려주는 것 아닐까? 그리고 아이들로 하여금 그들 안 개구쟁이를 조금씩 남겨두도록 도와야 하는 것 아닐까? 어디에도 속박되지 않고 존중받으며 자신 나름대로의 이치와 상상력을 가진 아이들의 그런 재미있는 부분을 죽이지 않고 남겨두는 것. 그럴 때 세상이 좀 더 너그럽고 재미있어지지 않을까? 이 그림책이 그런 일을 한다.

이 책을 보면 어린 시절 내 안에 있던 개구쟁이가 튀어나온다. 돌멩이를 주워 예쁜 돌멩이 대회를 열거나 비를 맞으면 어떨지 궁금해 무작정 비를 맞던 모습이 떠오른다. 기억을 돌이켜보건대 내가 생각하는 '똑똑하게 사는 사람'은 늘 남들이 가는 방향보다 세상을 자기 눈으로 보기를 좋아하고 어쩔 수 없는 일은 받아들이며 다른 길을 가길 주저하지 않거나 재미있게 사는 방법을 알았다. 엉뚱함을 잃지 않는 사람이야말로 지혜롭다. 이 그림책에 나오는 '똑똑하게 사는 법'처럼 말이다.

고미 타로의 책 중 『바다 건너 저쪽』도 추천하고 싶다. 사람마다 느끼는 지점이 다르겠지만 나는 이 책을 보고 조금 슬펐다. 빨간 멜빵바지를 입은 여자아이가 뒷짐을 지고 바다 저 너머를 한참이고 바라본다. 저 멀리 하얀 배가 천천히 바다 위를 지나간다. 바다 위로 '바다 건너 저쪽에 무엇이 있을까?' 궁금해하는 아이의 상상 속 장면이 펼쳐진다. 단순한 구성이지만 한 장 한 장 넘기다 보면 아이는 왜 홀로 바닷가에 서 있을까, 왜 자신과 같은 어린아이를 상상할까, 왜 놀이기구와 동물 친구 그리고 어쩌면 자신처럼 맞은편에서 바다를 바라볼지도 모를 또 한 명의 친구를 그리워할까, 하는 생각에 사무친다. 고요한 바다에서 바람을 맞으며 상상과 친구를 맺는 아이의 모습이 왠지 서글프다. 절제된 듯 가득 채워진 구성은 다채로워서 책을 보는 많은 사람으로 하여금 저마다의 추억과 감상을 불러일으킨다.

그의 단호한 그림체가 무척 좋다. 나도 이런 그림을 그려보고 싶다. 오히려 고미 타로의 정반대인 상세하고 자세한 그림이 나는 더 쉽다. 엉덩이만 있으면 몇 시간이고 앉아 그리면 되니까. 고미 타로처럼 선이나 면을 적게 쓰면서도 아름다운 그림이 더 어렵다. 몇 번이나 시도해봤지만 실패했다. 내 안 불순한 마음이 튀어나오고 관습적인 표현과 모양새가 드러났다. 고미 타로가 그린 순수한 아름다움 근처에도 가지 못했다. 이 사람은 어떻게 이렇게 아이처럼 그리는 걸까? 꼭 다른 사람의 장점을 닮을 필요는 없겠지, 내가 할 수 있는 걸 해야지, 하며 부러운 마음을 억누른다.

순수하고 재치 넘치는 고미 타로의 그림책들! 국내에 출간된 책이 많으니 한번 찾아보시길!

『그림책의 세계 110인의 일러스트레이터』는 일본 그림책 작가이자
북 디자이너인 호리우치 세이치가 낸 책이다. 앞에서 언급한 '그림책, 식
물, 그리고 그린핑거'라는 블로그에서 알게 됐다. 블로그에 이 책 일러스
트를 하나하나 포스팅하는 것을 보고 나 역시 관심이 가서 꼭 갖고 싶었
다. 한국어판은 출간되지 않았기에 국내에선 구할 수 없어, 남편이 상태
가 좋은 중고책을 일본에서 구해 왔다.

1984년에 나온 책이지만 내가 구매한 책은 1997년에 인쇄된 버전으
로 무려 내가 만 여섯 살일 때 세상에 나왔다. 조금 곰팡내가 나고 책등이

아주 살짝 빛바랬지만 표지와 내지 어디에도 손상된 흔적이 없는 매우 잘 보존된 책이었다. 종이 질이 무척 좋았고 30년이 다 되어 가는데도 인쇄 상태가 훌륭했다. 내지는 컬러, 판형은 커다랗다. 당시 가격으로 한 권에 7천 엔. 나는 여기에 웃돈을 더 얹어 1권과 2권을 모두 손에 넣었다.

전 세계의 그림책 일러스트레이터 중 110인을 선정하여 담은 책이라 그런지 소개된 그림 하나하나가 모두 독보적이고 아름답다. 가끔 그림을 그리다 어디로 가야 할지 모르겠고 내가 좁아진 느낌이 들 때면 이 책을 꺼내 아무 곳이나 펼친다. 어느 페이지가 나오든 좋다. 내가 그림을 사랑했던 그 마음 원형을 되찾는 느낌을 받는다. 아무런 욕심과 의도 없이 그림을 사랑하던 어린 시절의 순수한 마음이 다시 불쑥 생겨나는 느낌이다. 그림은 순수하게 대하면 대할수록 더욱 사랑하게 되는 법이다.

모든 것이 선명하고 화려한 요즘 그림과 달리 적은 색으로 최대의 표현을 해낸다는 점에서 시간이 아무리 지나도 촌스러워지지 않을 그림이다. 나는 이런 옛날 그림을 좋아한다. 옛날 그림이 너무 좋아서 때로는 시대를 잘못 골라 태어난 것은 아닐까 생각한다. 게다가 대표작 위주로 소개해서 그들의 숨은 책을 한 권 한 권 찾아본다면 멋진 그림을 무수히 발견하겠구나 싶어 부자가 된 것만 같다. 보물 같은 책이라 무슨 일이 있어도 옆에 두고 꾸준히 펼쳐볼 작정이다. 비슷한 책으로 역시 일본에서 출간된 체코에서 활동하는 그림책 작가들의 그림만 모은 책도 있다. 이런 종류의 책을 차근차근 모으고 싶다.

그림을 전공하지 않아서일까, 홀로 하는 일이라서 그럴까. 주변에 그림을 그리는 사람이 많지 않다. 그림에 대해 고민이 생기면 거의 남편과 이야기하거나 혼자 극복한다. 길을 잃어도 스스로 방법을 찾는다. 아니, 몸은 혼자지만 책 속 다른 예술가의 고민을 찾아 나선다. 책에 응축된 예술가의 생각과 고민을 읽으며 내 갈등을 해소하고 내 감정을 다스린다.

요즘 가장 많이 보는 책은 그림책 작가의 인터뷰와 이야기를 모은 책이다. 『그림책 작가의 작업실』은 일본 작가 중 한국에 알려진 작가를 중심으로 열여섯 명, 『유럽의 그림책 작가들에게 묻다』는 유럽에서 활동하는 작가를 중심으로 열 명, 『한국의 그림책 작가들에게 묻다』는 열 명이 실려 있다. 세 권을 번갈아 읽다 보면 어느새 서른여섯 명의 선배 예술가와 대화하는 기분에 흠뻑 빠진다. 그림책 작가는 누구보다 자유롭고 즐거움을 놓지 않는 아이 같은 사람이다. 그들이 작업하는 동안 품은 생각을 읽으면 '나는 왜 이렇게 강박적이지? 내 안의 것을 즐기고 따라가면 되는데' 하고 늘 반성한다. 내 안에 이미 든 창의적인 생각을 혹시 스스로 억눌렀던 건 아닌지 되돌아본다. 아이디어들에게 눈치 보지 말고 마음껏 뛰어다녀도 된다고 말하고 싶어진다.

서른여섯 명의 작가들은 그림을 그리는 방식도 속도도 제각각이다. 어떤 작가는 무작정 해외 여행을 떠나 그곳 풍경과 사람을 사진으로 찍어

와서 있는 그대로 옮기고, 어떤 작가는 동물만 그린다. 어떤 작가는 동시에 일곱 개가 넘는 프로젝트를 하며, 어떤 작가는 긴 시간에 걸쳐 아주 천천히 작업한다. 요컨대 그림 그리기와 창작에 단 하나의 길은 없다. 창작은 창작자를 닮는다. 창작하는 방식은 저마다의 성향과 경험과 자유에 의해 달라진다. 방법을 몰라 두려울 때면 이들의 작업 과정을 살펴본다. 모든 건 내 손에 달려 있고 결국 내 안으로 들어가 내 목소리를 들어야 함을 다시금 깨닫는다. 늘 잊고 늘 다시 깨우친다.

내가 책을 읽는 이유는 두 번 볼 책을 찾기 위해서다. 어떤 책이든 첫 독서는 두 번 읽을 만한 가치가 있는지 테스트하기 위함이다. 새로운 책 한 권을 찾아 나서기보다 나와 어울리는 책을 두 번 보는 게 더 즐겁다. 정말 마음에 들면 작업하는 책상 곁에 두고 세 번이고 네 번이고 탐독한다. 이 책들도 마찬가지. 여러 번 자주 읽는데, 그때마다 항상 무언가를 새로 배운다. 단지 책 속 인물이 아닌 동료로 생각하며 그들의 이야기를 되새긴다. 현실에 묶여 있다는 감정이 들면 어김없이 꺼내 든다. 아무 곳이나 펼쳐도 내게 필요한 말이 잔뜩 적혀 있다.

그 림 으 로
가 는   문

　　좋아하는 감독이 생기면 일단 쓴 책이 있나 찾아본다. 기타노 다케시
에 빠졌을 땐 『기타노 다케시의 생각 노트』를, 구로사와 아키라의 영화를
연달아 봤을 땐 『구로사와 아키라 자서전 비슷한 것』을 읽었다. 오즈 야
스지로의 『꽁치가 먹고 싶습니다』, 박찬욱 감독의 『박찬욱의 몽타주』와
『박찬욱의 오마주』는 진즉부터 갖고 있다. 다르덴 형제의 에세이, 고레에
다 히로카즈 감독의 글도 좋아한다. 영화감독이 좋아서 그들의 인터뷰를
늘 쫓아다니는데 인터뷰만으론 그들에 대한 궁금증이 도저히 해소되지
않는다. 그래서 손을 뻗는 것이 그들이 쓴 책이다.

책을 유독 손에 넣기 힘든 감독이 있으니 바로 미야자키 하야오다. 미야자키 하야오가 저자로 이름을 올린 책 가운데 지브리 영화 아트북은 국내에서 얼마든지 살 수 있다. 문제는 그의 글이 담긴 『출발점』, 『반환점』, 『책으로 가는 문』(다행히 지난해 복간됐다)으로 모두 절판된 상태였다. 중고책을 찾아봤는데 프리미엄이 붙어 가격이 어마어마했다. 제일 싼 가격이 8만 원이라 살지 말지 한참을 고민했다. 『출발점』은 1979년부터 1996년까지, 『반환점』은 1997년부터 2008년까지 그가 여기저기 발표한 글이나 대담을 엮은 책이다. 나는 애니메이션 감독이 되고 싶고, 미야자키 하야오는 존경할 뿐 아니라 세계 애니메이션사에서 손꼽히는 거장이기에 결국 각 8만 원을 주고 사버렸다. 어차피 오프라인 헌책방을 일일이 뒤져본들 있다는 보장이 없고 온종일 찾아다니는 수고를 생각하면 시급 1만 원에 여덟 시간 노동을 대신한 셈 쳤다.

내용은 굉장히 좋았다. 미야자키 하야오가 아무리 유명한 거장이라 해도 그의 인터뷰나 그에 대한 정보를 한국어로 찾는 데는 한계가 있다. 스즈키 도시오라는 지브리의 프로듀서가 낸 책이 제법 많지만 역시 미야자키 하야오가 직접 한 말, 직접 쓴 글을 읽어보니 어떤 생각을 하는지가 보여서 의미 있었다. 어떻게 지브리에서 그렇게 아름다운 작품이 나왔는지 바탕이 읽히는 것 같았다. 미야자키 하야오도 정치경제학을 전공하고 노동조합 활동 경험이 있어 이래저래 공감하는 지점이 보여 흥미로웠다. 동물이나 자연 세계를 관찰하는 그의 시선은 어렵지 않은 언어임에도 남들과는 확연히 다른 시선이 느껴져 감탄했다. 거장도 하나의 작품을 만들면서 수많은 고뇌와 고통, 번복과 번민을 느끼는 모습에 위로받았고 내 작업에 추진력을 얻었다. 지브리와 미야자키 하야오는 이런 과정을 거쳐 애니메이션을 세상에 내보내는구나, 명작의 탄생기를 엿보는 듯한 기분이었다.

궁금한 분은 꼭 읽어보시길! 지금은 누구나 싸고 쉽게 구할 수 있다. 내가 거금을 주고 헌책을 산 지 1년 후 전자책이 출간됐기 때문이다. 종이책은 아직 절판 상태다. 왜 안 나올까? 출판사에서 결정한 건지, 미야자키 하야오의 뜻인지 궁금하다.

『책으로 가는 문』은 미야자키 하야오가 '이와나미 소년문고' 50권을 추천하며 자신의 어린 시절 독서와 어린이책에 대한 생각을 다룬다. 이야기하듯 심플한 문장이지만 그가 어떤 책에 영향을 받았는지 잘 밝혀져 있다. 어릴 적 그는 어른이 보는 책은 어딘가 무섭고 쓸쓸해 읽기 싫었다고 한다. 대신 밝은 세상의 어린이책이 좋았다고. 애니메이터가 되고 나서 작품 기획을 위해 스튜디오에 있던 어린이책을 모조리 보기 시작했는데, 얼마나 많이 봤는지 서고 담당 직원이 귀찮아했을 정도라고. 그렇게 책을 잔뜩 읽고 나자 머릿속에 커다란 서랍이 생긴 것 같았고, 기억 속 무언가가 가득 담겨 '주인공 여자아이를 어떤 식으로 그릴까?' 하면 금방 어떻게 그릴지 떠올랐단다.

미야자키 하야오가 어떻게 그토록 생생하고 풍부한 작품을 만들어왔는지, 어린이책을 중심으로 살펴보고 어떤 책에 기원을 뒀는지 알려줘 흥미로웠다. 지브리가 어린이책이라는 거대한 역사와 함께 호흡해왔구나, 실감했다.

그는 평소 한 달에 어린이책을 두세 권씩 꼭 읽는다고 한다. 그의 마지막 작품으로 예상되는 장편 애니메이션「그대들은 어떻게 살 것인가」도 요시노 겐자부로의 소설『그대들, 어떻게 살 것인가』라는 책이 원작이긴 하지만 스토리는 존 코널리의『잃어버린 것들의 책』에서 영향받았다. 여느 때처럼 어린이책을 읽다가 발견했다는데, 이 책을 읽고 나도 다시 어린이책이 보고 싶어졌다.

미야자키 하야오 외에도 좋아하는 애니메이션 감독이 한 명 더 있다. 콘 사토시. 콘 사토시는 대중적으로 유명하진 않아도 그의 애니메이션 작품은 아주 뛰어나고 독창적이라 헐리우드 영화에 많은 영향을 끼쳤다. 안타깝게도 젊은 나이에 요절했지만 그의 영화가 너무 뛰어나 존경하게 됐다.

어떻게 이렇게 영화를 잘 만들 수 있을까, 궁금했다. 아쉽게도 국내에는 그에 대한 정보가 적어도 너무 적었다. 일본이나 프랑스에서는 나름 인지도와 관심이 높아 이것저것 자료가 많은데 나는 그쪽 나라 언어를 할 수 없으니 답답했다. (요즘 일본어 공부를 하고 있는데 본격적으로 공부를 결심하게 된 계기 중 하나가 콘 사토시의 일본어 기사를 읽고 싶어서였다.) 그가 만화가 출신임은 알았지만 딱히 만화책은 찾아보지 않다가 어느 날 팔로우하던 빈티지 가게에 이런 글이 올라왔다.

"콘 사토시 만화 전집 팝니다."

콘 사토시 만화 전집? 이건 사야 한다. 콘 사토시에 갈증을 느끼던 차였다. 영화의 원작은 아니지만 그가 애니메이션 감독이 되기 전 그린 만화라니 호기심이 발동했다. 가격도 그리 비싸지 않았다. 바로 댓글을 달고 디엠을 보내고 그 자리에서 옷을 입고 당장 빈티지 가게가 있는 서촌으로 뛰어갔다. 남들이 채갈까 봐 걱정됐다. 결국 그의 만화 『꿈의 화석』, 『해귀선』, 『오푸스』 등이 내 손에 들어왔다. 세상에, 콘 사토시 만화책을

다 갖고 있는 사람이다! 하며 감격했다. 내 취향은 아니었지만 갖고 있다는 것만으로도 기뻤다. 이 중 『꿈의 화석』과 『해귀선』은 전자책으로 읽을 수 있다.

이 글을 쓰는 도중에 택배 도착 문자가 와서 나가 보니 기타노 다케시의 『다케시의 낙서 입문』이 도착해 있다. 이런 우연이 있나. 이 책 역시 절판되어 중고책으로 샀다.

쓱 읽어보니 기타노 다케시 정말 멋있다. 제목 그대로 기타노 다케시의 그림에 관한 책이다. 어떻게 그림을 그리게 됐는지, 어떤 마음으로 그림을 그리는지를 이야기한다. 개그맨이면서 배우, 영화감독으로 모두 뛰어난데 그림까지 그리다니! 달라도 뭐가 다른 사람 같다. 그의 그림이 엄청나게 수려한 것은 아니다. 하지만 장난스럽고 과감하다. 색채에선 어수룩한 듯 강단이 느껴진다. 매번 어떤 꿍꿍이를 가지고 강박적으로 그림을 그리는 나는, 늘 자유롭게 아이처럼 그림을 갖고 노는 사람이 부럽다. 기타노 다케시도 약간 그런 부류다. 떠오르면 그냥 그리는, 그런 사람.

심지어 평생 그림에 관심이 없다가 영화 콘티를 그려본 것을 계기로 그림이 술술 내달리듯 불쑥불쑥 튀어나오는 경험을 했다고. 그 후로 그냥 그림을 그렸단다. 이때 그렸다는 영화 콘티가 「하나비」. 은퇴한 경찰이 바닷가에 살면서 그림 그리는 장면이 나오는데, 여기에 사용된 것이 기타노 다케시의 그림이다. 영화 속 캐릭터도 전혀 다른 일을 하다 붓을 잡은 사람이기에 실제 기타노 다케시의 그림이 가진 아우라와 정말 잘 맞아떨어졌다. 영화 전체 분위기와도 잘 어울렸다. 나도 그림 장면이 나올 때 너무 좋아 울컥했다.

미술 도구와 캔버스를 제대로 마련해 꾸준히 그림을 그리면서도 "스스로 화가입네 할 생각은 없다. 내가 그리는 그림이랬자 어차피 '화장실 낙서' 수준인걸, 뭐"라고 말하는 그의 모습. 어깨에 힘이 잔뜩 들어가 개념을 설명하느라 바쁜 화가보다 훨씬 시원하고 자연스럽다. 많은 사람이 잘 그리지 못하면 남들이 우습게 볼까 봐 캔버스 앞에서 용기내지 못하고 시작하지 못한다. 자신의 즐거움에 집중하면 되는데 남들이 어떻게 판단할지부터 걱정하는 것이 어른의 비극이다. 그에 비해 기타노 다케시는 내세우지 않고 잘 그리려고 애쓰지 않는다. 그렇기 때문에 두려움에 빠지지 않는다. 단지 즐길 뿐이다. 멋진 그림을 그리지 않아도 그냥 "낙서인걸, 뭐" 하며 떠오르는 대로 술술 그리는 사람. 붓과 물감을 장난감 다루듯 하는 그의 태도, 본받을 만하다.

많은 영화감독이 인터뷰나 에세이에서 영화 이야기를 하는 것과 달리 이와이 슌지 감독은 영화를 아예 소설화해서 단행본으로 내거나 거꾸로 소설을 먼저 쓴 다음 영화화한다. 영화 「러브레터」를 좋아해 스무 번 넘게 봤는데 DVD는 물론 소설책도 갖고 있다. 각본이 아닌 소설로 소장할 수 있다니, 팬으로서는 감사할 따름이다. 영화와 소설의 내용을 비교해봤더니 영화에서 얼버무리고 지나가는 대사나 상황을 소설에서 새롭게 고쳐 쓰기도 했다. 그의 또 다른 영화 「라스트 레터」 역시 소설책으로 나왔길래 냉큼 샀다. 심지어 「라스트 레터」는 일본판과 중국판 두 가지 버전으로 만들어졌다. 이와이 슌지는 하나의 각본으로 소설 두 권, 영화 두 편을 선보인 셈이다. 그 영화에 등장하는 소설가가 쓴 '미사키'라는 제목의 소설을 본인이 직접 써서 출간할 예정이라고 했던 게 기억나는데, 그 후 어떻게 되었는지 모르겠다.

나는 이렇게 감독이나 작가가 같은 이야기를 아끼지 않고 재탕, 삼탕 하는 걸 좋아한다. 비슷한 소재, 비슷한 줄거리라도 작품성만 보장된다면 충분히 용서된다. 좋은 작품은 여러 번 봐도 재미있는데, 다각도로 여러 번 볼 수 있다니 전혀 지루하지 않고 흥미롭기만 하다. 젊은 시절 한때 소설가를 꿈꾼 사람답게 글도 잘 쓰고 블루레이 표지도 디자인하는 그의 다재다능이 부럽기 짝이 없다.

요즘 내가 가장 빠진 각본가 사카모토 유지 역시 각본을 소설화한 책이 국내에 몇 권 출간됐다. 영상과는 다른 재미가 있어 한국어판이 나오지 않더라도 그의 각본집은 해외 배송으로 꼭 쟁여놓으려 한다. 개인적으로 사카모토 유지가 쓰는 산문이 어떨지 궁금하다. 무척 잘 쓸 것 같은데 내가 모르는 건지 아직 산문집은 본 적 없다. 각본 쓰기만으로도 바쁜 걸까. 나오면 좋겠다, 그의 산문. 어떤 형태든 상관없으니 더 많은 감독과 각본가가 책을 써주길 바란다.

당신은 어떤 책을 읽었나요?

처음 '책에 대한 책'을 써보자고 제안받았을 때, 감히 내가? 하고 생각했다. 남들보다 '많이' '좋은 책'을 읽지 않았을 거란 막연한 콤플렉스 때문이었다. 그런데 이 글을 쓰며 깨달았다. 나는 운명 같은 책을 꾸준히 만나왔음을, 그 책과 만나며 삶의 방향을 결정해왔음을. 나만의 독서 역사, 나만의 독서 지도를 갖고 있음을. 책이 1순위가 아니었던 적은 있을지라도 무관했던 시절은 단 한 순간도 없었다.

어릴 때는 책보다 만화영화 보기, 초등학생 때는 친구랑 놀기, 고등학생 때는 공부, 대학생 때는 영화나 현실 참여가 우선이었다. 책은 늘 2

순위였다. 하지만 책을 곁에 두지 않은 적이 없었다. 읽지 않더라도 언제나 사랑했고 언제나 동경했다. 책과 그림과 사람이 살아가는 이야기를 정말 좋아했다. 누구보다 우월하거나 열등할 필요 없이 내게 벌어지는 우연과 운명대로 내 책을 쌓으며 살아왔다.

요즘은 책이 내 삶의 1순위가 됐다. 작업을 의뢰받은 표지를 그리고 책을 쓰고 또 책을 읽는다. 하루 중 가장 많은 시간을 책과 함께 보낸다. 틈만 나면 책장에서 아무거나 꺼내 펼쳐 책 세계로 푹 빠진다. 읽다 지루하면 마음이 끌리는 다른 책을 집어 든다. 한 권을 끝까지 다 읽지 않고 동시에 수십 권을 오가며 읽는다. 완독하는 데 얼마가 걸리든 한 페이지를 읽는 데 얼마가 걸리든 신경 쓰지 않는다. 그때그때 좋아하는 문장을 좇아 자유롭게 책과 책 사이를 헤엄친다.

어른이 된 나는 이제 좋아하는 책을 좋아하는 방식대로 읽는다. 완독해야 한다는 강박이 사라진 지 오래다. 시간이 지날수록 점점 오직 하나의 정의나 많은 강박에서 벗어나는 것 같다. 책 세계를 자유로이 드나들며 뛰어논다. 이제야 어린아이였던 시절로 되돌아간 기분이다. 이런 내가, 지금이 참 좋다.

이 세상 모든 사람은 저마다 독서 역사, 독서 지도를 갖고 있으리라.

그리고 그 독서 지도는 개성이나 삶처럼 누구와도 겹치지 않는 고유한 색깔을 지녔으리라. 일러스트레이터로 일하는 내가 아주 개인적인 독서 지도 같은 책을 쓰기로 한 것도 이런 이유에서다. 나는 이렇게 책을 만나왔는데 다른 사람은 어떠한지 묻고 싶고 들어보고 싶다. 이 책을 통해 당신의 이야기를 만나길 바란다.

반지수의 책그림

초판 1쇄 발행 2024년 2월 29일

지은이 | 반지수

펴낸곳 | 정은문고
펴낸이 | 이정화
디자인 | 원선우

등록번호 | 제2009-00047호 2005년 12월 27일
주소 | 서울시 마포구 동교로13길 60
전화 | 02-392-0224
팩스 | 0303-3448-0224
이메일 | jungeunbooks@naver.com
블로그 | blog.naver.com/jungeunbooks
페이스북 | facebook.com/jungeunbooks

ISBN 979-11-85153-62-9(03810)

이 책은 컬러감이 뛰어나고 면감이 좋은 고급 모조지(무형광 펄프)인 페이퍼아트 100#으로 제작됐습니다.
npaper(tel 031-948-2652)

알라딘 북펀드에 참여해주신 분들

Agatha Roh, asbubam, Jii, michinym, nakimi, nana, narayumi, SAVINA, sy 보통의 일상, zzgundam르, 가빈이와미란이, 강수진, 강승은, 강이경, 건율맘, 게으른봄, 고은영, 고정환, 곤에스텔라, 구예린, 권민근, 권민정, 권은지, 권현진, 금미향, 김관, 김광현, 김다현, 김동규, 김동오, 김리연, 김병욱, 김보나, 김상미, 김선재, 김세진, 김소연, 김수빈, 김언주, 김연우, 김연진, 김영우, 김예린, 김용다, 김은지, 김은채, 김정덕, 김주연, 김지해, 김지현, 김진녀, 김현섭, 김현숙, 김혜경, 김호연, 꼬댁마님, 꼬마사랑해, 꽃이다건, 나무옆의자, 나예(Naye), 나의낙원이야, 남궁민, 남서연, 노수진, 늘케터, 니우, 다음엇지, 도서관요정최남희, 도쿄 책거리, 두루미달, 땡란, 레모, 리디아, 멋진서지연, 문아름, 문준서, 민영토, 민지회, 민하은, 바보들의행진, 박동현, 박민정, 박선영, 박승호, 박유라, 박유진, 박은지(도휘어멈), 박지민, 박지수, 박지연, 박현숙, 박현주, 박훈평, 범벗, 서미오, 선미, 성교진, 성시은, 세가지행복, 소소파파, 송경진, 송승섭, 송원준, 송정은, 시간상자, 신나리, 신서현, 신선, 신용선, 신유빈, 신정아, 안숙영, 엄안젤라, 여은비, 오경주, 오래된미래, 오슬아, 오홍록, 옷이음새, 우소영, 우송희, 우윤희, 유민정, 유윤하, 유키, 윤경찬, 윤나아, 윤디, 윤미희, 윤성진, 율밤공, 은은, 이강영, 이겨울, 이다나, 이다은, 이민재, 이봉은, 이소, 이소연, 이수철, 이승민, 이승연, 이승윤, 이야기장수, 이여진, 이연지, 이왓स, 이윤정, 이재용윤세정이윤지, 이재원, 이재희, 이정인, 이주영, 이진경, 이진수, 이해원, 이현일, 인디프렌즈, 임고돌, 임솜이, 장소영, 장조아, 장준혜, 장혜린, 전선영, 정구은, 정미경, 정미라, 정성윤, 정연서, 정은영, 정창미, 정채윤, 정한욱, 제로, 조가빈, 조이스박, 조인영, 좋은날, 준석준영, 지오, 찬미, 채니맘, 채린이엄마, 채정원, 채현수, 초록연필 김여진, 최성미, 최송, 최윤정, 펭peng, 피일희, 하으니, 하은, 한 숙, 함수연, 혜윤, 황연, 황정하, 희연 외 39명